KB120631

말에 구원받는다는 것

아라이 유키

말에 구원받는다는 것

삶을 파괴하는 말들에 지지 않기

아라이 유키

荒井裕樹　まとまらない言葉を生きる

배형은 옮김

'ㅁ'

빈약한 언어가 축적될 때 사회가 왜 끔찍해지는지를 알려주는 책. 저자 아라이 유키는 개개인의 드라마를 납작하게 설명하는 차별의 현장을 비판하며 삭제된 말을 복원하고, 혐오가 능력 부족·자기 책임이라는 말로 정당화되는 위험성을 우직하게 경고한다. 상대방 말의 꼬투리를 잡아 몰아붙이면 토론 잘하는 사람이 되어버리는 한국 사회에 저자의 '요약되지 않는 말들'이 정확하게 사용되기를.

　—오찬호 / 사회학자,《민낯들》저자

　지질학자의 손에서 암석과 흙더미는 지구 시간의 증거가 된다. 공룡과 빙하기, 땅과 바다의 형성과 소멸, 생명의 연대기가 흙더미에 담겨 있는 것이다. 언어도 흙처럼 퇴적되어 우리가 사는 세계를 증명한다. 약자들을 향해 쉽게 뱉어진 차별과 혐오의 말들이 지표에 켜켜이 쌓이고, 그 말들은 무지, 무관심, 강자의 언어로 굳건히 지탱되는 듯이 보인다. 저자는 작은 삽자루를 꽉 쥐고 파괴된 말들의 층을 파헤쳐 속살을 드러낸다. 어떤 존재를 투명 인간으로 만드는 마이너스의 말들을 걷어내고 말의 존엄을 캐낸다. 인권은 본래 포크레인이 아니라 여럿이 함께하는 묵묵한 '삽질'로 실현할 수 있는 것이고, 우리에게는 파괴된 언어를 파괴할 권리가 있다. 우리는 저자의 용감한 삽질에 기꺼이 동참할 것이다.

　　—최은숙 / 국가인권위원회 조사관,《어떤 호소의 말들》저자

　강하고 안전한 말들을 사용하면 무언가를 간단히 놓칠 수가 있다. 그렇게 놓친 틈새에 누군가가, 나 자신이 있었던 건 아닐까?

　　—하라다 아리사 /《일본의 위험한 여자들》저자

　'살아 있다는 느낌'을 바라도 괜찮다. '안 된다'는 말에 저항해도 괜찮다. 누구나가 말로써.

　　—모치즈키 히로키 / 〈닛폰복잡기행〉 편집장

　'요약하기'가 아니라 '일부를 보여주기'를 거듭함으로써 마음속에서 자라나는 것들이 있다.

　　—후루타 데쓰야 /《말의 혼의 철학》저자

　저항하는 말로, 신뢰할 수 있는 사람들의 말로 악의는 녹아서 사라져 가는 것일지도 모른다.

　　—이누야마 카미코 / 에세이스트

말에 구원받는다는 것

한국 독자들에게

《말에 구원받는다는 것》↘은 제목대로 '말'에 대해 쓴 책입니다. 뒤에 나올 '들어가며'에도 썼습니다만, 특히 2010년대 후반부터 사회를 가득 채운 말들이 무시무시한 속도로 파괴되고 있는 것은 아닐까 하는 불안과 초조감이 제 안에 쌓여갔습니다. 누군가를 깎아내리고 침묵하게 하며, 사는 일을 '편안하게도' '즐겁게도' 하지 않는 말을 접하는 경험이 늘어났기 때문입니다.

　이러한 풍조에 맞서 뭔가를 하고 싶었지만 구체적으로 무엇을 하면 좋을지 알 수 없었습니다. 이 책의 기틀이 된 글들을 웹사이트에 연재하기 시작했을 무렵엔 그저 어찌할 바 모르겠다는 심정으로 써내려갔습니다. 한 사람의 문학자로서 그런 말에 익숙해지고 싶지 않다, 마음을 마비시키고 싶지 않다, 조금이라도 그에 맞서는 말을 사회에 내놓고 싶다. 그런 심정을 연료 삼아 무작정 펜을 움직였습니다.

　그 후 웹사이트에 연재한 글들을 책으로 엮게 되면서 주제와 구성을 명확히 가다듬는 편이 좋겠다는 조언을 받았지만, 그 일이 저자로서는 참으로 어렵고 괴로운 일이었음을 여기

↘ 원서 제목은 '요약되지 않는 말들을 살다まとまらない 言葉を生きる'이다.

에 적어두고 싶습니다. 거대하고 섬뜩하며 도저히 종잡을 수 없는 사회 분위기에 맞서야 하는데 논리정연하고 이해하기 쉽게 말을 가다듬으라니, 적어도 당시의 저는 그렇게 할 수 없었습니다. 괴로워서 발버둥치고 있는데 '무엇이 어떻게 괴로운지 전해질 수 있게끔 발버둥을 쳐야지'라고 요구받은 것처럼 머릿속이 새하얘졌습니다.

그 후 '이 책을 깔끔하게 정리하기란 불가능하다'는 저의 강경한 태도를 받아들이고 반쯤 포기했던 출간으로의 길을 다져주신 분들이, 웹사이트 연재 시절부터 도와주셨던 담당 편집자 아마노 준페이 씨와 가시와쇼보 출판사분들이었습니다. 이 자리를 빌려 다시 한 번 감사드립니다.

이 책에서 제가 시도한 것은, 사회의 왜곡된 부분에 고뇌하고 괴로워한 환자·장애인·여성 들의 절실한 목소리에서 '말에 대한 희망'을 조금이라도 찾아내는 일이었습니다. 그러한 말이, 일본과 역사적으로 깊은 관계를 맺고 있는 한국 독자분들께 어떻게 받아들여질까. 솔직히 조금 불안하긴 하지만 그 이상으로 흥분에 가까운 기대도 품고 있습니다. 이 책에서 소개한 말들이 한국 독자분들의 마음에도 울림을 준다면 우리는 분명 '비슷하게 왜곡된 사회'에서 '비슷한 아픔'을 안고 살아가고 있기 때문일 테지요.

돌이켜보면 이 책의 원형이 된 연재를 시작한 시기는 2018년입니다. 그해 일본에서는 조남주 작가의 저서[1]가 번역되어 평

---

1) 《82년생 김지영》.

론계의 주목을 받았습니다. 그 후 한국 페미니즘에 관한 서적들이 잇따라 소개되었고 지금은 관련 코너를 상설해둔 서점이 적지 않습니다. 2022년에는 휠체어 사용자·공연가·변호사인 김원영 작가의 저서들[2]이 연이어 번역되어 큰 화제가 되었습니다. 이 또한 한층 더 거세게 밀려올 물결을 예감하게 합니다.

우리 사이에는 이미 많은 징검다리가 놓여 있습니다. 더 많은 다리를 놓고자 손을 마주 내미는 사람들도 있습니다. 우리의 '비슷한 점'을 통해 서로 이해하고 '다른 점'을 통해 서로 배움으로써, 같은 방향으로 시선을 좀 더 모을 수 있지 않을까요? 이 책이 그런 징검다리의 일부가 되기를 바랍니다.

마지막으로 이 책의 번역을 맡아주신 배형은 씨에게 진심으로 경의를 표하며 감사를 전합니다.

2023년 3월
아라이 유키

---

2) 《희망 대신 욕망》, 《실격당한 자들을 위한 변론》, 《사이보그가 되다》(김초엽 공저).

　'말이 무너지고 있다'고 생각한다. 아니, 말이 스스로 무너질 리 없으니 '말이 파괴되고 있다'고 하는 편이 정확할 것이다.

　이런 이야기가 요즘 젊은 세대는 언어를 엉망으로 사용한다거나 좋았던 옛 표현들이 사라져간다는 쓴소리나 잔소리 정도로 들릴지도 모르겠다. 하지만 이 글에서 나는 좀 더 심각하며 음울할 수도 있는 문제를 살펴보고 싶다.

　일상생활의 공간과 그 생활을 만드는 정치의 공간에서 부정적인 힘이 가득한 말이나 사람의 마음에 상처를 주는 말이 늘었다. 다시 말해 '삶'을 편안하게도, 즐겁게도 하지 않는 말이 늘어나 말의 역할과 존재감이 변해버린 것 같다.

　이 책은 그러한 '파괴된 말'에 대해 고찰하는 책이다. 가능하다면 그에 맞서 싸우는 책이고 싶다.

　다만 그렇게까지 훌륭한 책이 될 수 있을지는 솔직히 자신이 없다. 하지만 적어도 '말이 계속 파괴되고 있는 상황'에 경종을 울리고 '말이 파괴되고 있는 점'에 분개하고 싶다. 이 책을 손에 든 여러분과 함께 그 견딜 수 없는 마음을 나누고 싶다.

말은 까다롭다.

사람을 모욕하고 깎아내리고 매도하고 업신여기는 말은 예나 지금이나 변함없이 존재한다. 말은 문맥이나 상황에 따라 독도 되고 약도 된다. 같은 말이 사람을 살리기도, 죽이기도 한다. 예전 할리우드 영화에서처럼 '악'과 '정의'로 딱 나누어 구분하기란 불가능하다.

이런 글을 쓰는 나도 개인적인 원한이 얽히면 거칠고 난폭한 말을 내뱉는다. 복잡하게 얽혀 드는 감정을 가진 존재가 바로 인간이기에 아무래도 그런 말이 필요할 때가 있다. 따라서 언어 체계 속에서 거칠고 난폭한 말을 싹 없애버려야 한다고 생각하지는 않는다.

하지만 이런 말과 맞닥뜨리는 장소, 맞닥뜨리는 방식, 맞닥뜨리는 빈도 따위는 명백히 달라졌다. '개인적인 원한'의 범위를 넘어 이제는 누구의 '원한'인지도 모르겠는 비정상적인 난폭함과 꺼림칙함이 당당히 큰길로 걸어 나온 느낌에 가깝다.

특히 2010년대에 들어선 뒤로 증오·모멸·폭력·차별에 가담하는 말들이 유난히 눈에 띄게 되었다. 소셜 미디어를 조금만 들여다봐도 부모가 해외 출신인 사람, 소수민족, 기초생활수급자, 성소수자, 장애인, 생활 곤궁자, 노숙인, 이민, 외국인 기능 실습생에 대한 '몰이해한 발언'이나 '배려 없는 말'은 물론이고 '증오 표현'이라고밖에 할 수 없는 말들이 넘쳐나고 있음을 알 수 있다.

소셜 미디어는 예전과는 비교할 수 없을 만큼 개인의 일상으로 깊이 파고들었다. 민간 서비스뿐 아니라 공공 서비스를 받기 위해서도 필요하니 이미 생활 인프라다. 따라서 일상적인 공간에서 조잡하고 난폭한 언어가 넘쳐나는 상황에 대한 두려움은 몇 번이라도 강조해야 한다.

게다가 이러한 언어는 이제 인터넷 공간에만 머무르지 않는다. 2000년대 초반, 이른바 '인터넷 게시판'이 등장했을 때는 익명성에서 비롯된 '인터넷의 어둠'이 큰 문제였지만, 지금은 익명은커녕 얼굴과 이름을 훤히 드러낸 채 증오 표현을 사용하고 가족 단위 행인들이 오가는 길거리에서도 서슴없이 내뱉는다.

증오 표현을 퍼뜨리는 사람은 자기 나름대로 정의를 부르짖는 중인지도 모른다. 하지만 차근차근 따져보면 흔하디 흔한 혐오감 위에 비속한 정의감을 뒤집어씌웠을 뿐인 경우가 많다.

'말이 파괴되고 있다'는 것은 사람의 존엄성을 상처 입히는 언어가 발화되어 생활 영역에 뒤섞이는 것을 두려워하고 주저하는 감각이 흐려지고 있음을 의미하기도 한다.

'담보'로서의 무게가 없는 언어

말이 파괴되는 현상은 여기에서 그치지 않는다. 사회에 큰 영향력을 행사하는 사람들, 재력과 권력을 가진 사람들의 말도 어딘가 위험해졌다.

대화를 일방적으로 끊거나, 설명을 거절하거나, 책임을 흐리거나, 대립을 부추기는 말을 어떤 망설임도 없이 내뱉는다.

이 책에 실은 글들은 1차 내각 기간을 합쳐 역대 최장기 집권 내각↘이 나라를 이끌고 있던 시기에 쓰였다. 독립된 각각의 글들을 하나로 묶기 위한 '들어가며'(지금 여러분이 읽고 있는 글이다)는 그 내각 총리의 사임(하기로 했지만 아직 사임은 하지 않는다고 발표했던 희한한) 기자 회견[1]을 본 직후에 쓰기 시작했다.

장기 지속 정권은 국가와 사회가 그만큼 안정되었다는 증거로 여겨지는 경우가 많다. 하지만 아베 정권이 존속하던 시기에 이 나라는, 이 사회는, 우리의 생활은 정말로 안정되어 있었을까.

국가와 사회의 안정감을 측정하는 기준은 다양하다. 경제(주가, 평균 임금, 완전 실업률, 고용률 등)를 지표로 삼을 수도 있고, 치안(범죄 인지 건수, 검거율, 체감 치안 등)을 중시할 수도 있다. 이혼율이나 출생률 등이 중요하다는 의견도 존재한다.

여러 평가가 있겠지만, 적어도 나는 아베 정권이 지속되던 시기에 이 사회는 결코 안정적이지 않았으며 오히려 근저부터 흔들리고 기우는 위험한 상태에 빠졌다고 생각한다.

"왜 그렇게 생각하는가?"라고 묻는다면 내 답은 "말에 대한 신뢰를 파괴했기 때문"이다.

아베 정권은 국회 질의나 기자회견에서 "전혀 문제 없다", "그러한 비판은 당치 않다" 따위의 말을 반복했다. 귀찮은 설명 따윈 하고 싶지 않다(설명할 수 없는 것을 이야깃거리로 삼고 싶

↘ 아베 신조 내각을 가리킨다. 아베는 2006~2007년에 90대 총리, 2012~2020년에 96, 97, 98대 총리를 지내며, 총 네 차례 내각을 이끌었다.

---

[1] 2020년 8월 29일, 당시 아베 신조 총리는 지병인 궤양성 대장염 재발을 이유로 사임하겠다는 의향을 밝혔다.

지 않다)는 의도가 뻔히 보여 불신이 심해졌다. 게다가 나는 "토론할 때는 근거를 제시하며 정성껏 설명해야 한다"고 교실에서 줄곧 외쳐온 사람이다. 그들이 논의를 끊어내는 방식은 '학생에게 보여줄 수 없는 토론' 그 자체였기에 교육 관계자로서 더욱 참아내기 어려웠다.

덧붙이자면 "○○라고 말한 적은 없다"[2]라는 발언이나 소위 '밥 논법'[3]이라는 토론 방식도, 스승으로부터 "학자의 발언에 시효란 없다"라고 배운 내겐 머릿속이 '!'로 터져 나갈 정도로 충격적이었다.

'언질을 잡다'→라는 관용 표현이 있다. 언질의 '질質'은 인질人質의 '질'과 같으며 '담보'를 의미한다. 말은 '담보'가 될 수 있을 만큼 소중하며

→ 다른 사람이 한 말을 자신이 할 말의 증거로 삼는다는 뜻.

---

2)   2018년 9월 14일, 자민당 총재 선거 입후보자 토론회에서 이시바 시게루 전 간사장幹事長과의 논전 중, 당시 아베 총리는 «나는 트리클 다운 정책이라고는 한 번도 말한 적 없다»라고 발언했다. 같은 자리에서 «납치 문제를 해결할 수 있는 것은 아베 정권뿐이라고 내가 말한 적은 없다»라고 발언하기도 했다(참고 〈초점채록 자민당 총재선 토론회 14日焦点採録 自民総裁選討論会 14日〉, 《아사히 신문》 2018년 9월 15일, 조간 4면). '트리클 다운'이란 부유층이 더욱 부유해지면 경제 활동이 활발해져 저소득층도 부유해진다는 경제학적 사고 방식이다. 아베 내각의 경제 정책 '아베노믹스'는 힘 있는 대기업이 이익을 늘려 성장하고 경제 활동을 견인하면 중소 기업도 경제 성장이라는 성과를 누릴 수 있게 되어 결과적으로 사회 전체의 성장에 기여한다고 보는 정책이다. 그러나 일본 사회에서는 이로 인해 '부자는 더욱더 부유해지고 빈자는 더욱더 가난해지는' 격차가 진행되었다는 목소리가 나오고 있다.

3)   "아침밥은 먹었습니까?"라는 질문에 "(쌀로 만든) 밥은 먹지 않았습니다. (빵은 먹었지만)"이라고 말하는 식으로, 의도적으로 논점을 흐리는 논법을 가리킨다. 호세대학 우에니시 미쓰코 교수의 트위터 트윗을 계기로 '밥 논법'이라는 이름이 붙었다.

말에 구원받는다는 것

발화자 자신의 언동을 구속할 수 있을 만큼 무겁다는 뜻이다.

사람과 사람이 토론이나 교섭을 할 수 있는 까닭은 말 자체에 '담보'로서의 무게가 있기 때문이다. 하지만 지금은 말의 일관성이나 신뢰성보다도 그때그때 우위를 점하는 일이 더 중요해진 듯하다. 어쨌든 우위를 점하기만 하면 영리하게도, 강하게도 보이기 때문이리라. 하지만 '담보'의 가치조차 없는 말들로 국가, 사회, 조직이 운영되고 있다니, 상상하면 무서워서 견딜 수가 없다.

그렇다고 해서 아베 정권이 '말을 우습게 본다'고 판단해서는 안 된다. 눈길을 사로잡는 캐치프레이즈 만들기, 달리 말해 캐치프레이즈로 눈길을 사로잡는 활동에는 유난히 힘을 쏟았기 때문이다.

"일억 총 활약一億総活躍", "여성 활용(→여성 활약→여성이 빛나다)", "인재 양성 혁명" 등과 같은 문구는 나마저도 외우게 되었을 정도이니 강렬한 인상을 남긴 건 분명하다. 정책 내용은 전혀 기억나지 않는다. 하지만 문구만은 머릿속에서 절대 사라지지 않았다.

이러한 말은 내용이 있는지 없는지는 알 수 없어도 발화자의 위세가 높으면 가치를 지닌 것처럼 보인다. 혹은 높은 위세만이 가치를 담보한다. 어떤 면에서는 '군표'(군이 발행하는 특수한 통화. '군용수표'의 줄임말이다)와 비슷하다.

그와 같은 말에서 '미더움'이나 '씩씩한 기상'을 느꼈다면 일단 멈춰 서서 심호흡을 하고, 자기 손에 쥐여진 것이 정말로 군표가 맞는지 확인하는 편이 좋다.

아베 정권은 분열과 대립을 부추기는 말 또한 많이 사용했다. "이런 사람들에게 질 수야 없다"는 발언[4]도, 서로 다른 이해관계를 지닌 국민을 한데 모아 조율하는 책무를 진 사람의 입에서 나왔다고 생각하면 마음이 아팠다.

군표와 같은 언어는 그 가치를 떨어뜨리지 않기 위해, 사실은 아무 가치도 없다는 것을 들키지 않기 위해, 항상 적을 만들어 대립을 부추기고 기세를 떨치는 순환을 끝없이 반복한다.

그런 말이 말을 파괴해간다.

요약할 수 없는 '혼'과 같은 것

어쩌다 보니 도중에 정치 비평이 끼어들었지만, 이 책의 주안점은 정치에 있지 않다.

물론 한 시대의 언어 양상은 당시의 정치 상황으로부터 영향을 받는다. 말을 고찰하는 책이라고 해서 정치에 대해 생각하지 않아도 좋을 리 없다. 하지만 이 책의 본론은 좀 다른 지점에 두고 싶다.

지금 우리가 살아가는 이 사회에서 '말이 계속 파괴되고 있

---

4) 2017년 7월 1일, 당시 아베 총리는 아키하바라 거리에서 열린 도쿄도 의원 선거 지원 연설 행사에서 청중 일부가 "물러나라", "그만둬"라고 외치자 «이런 사람들에게 여러분, 우리가 질 수야 없습니다»라고 발언했다(참고 〈'이런 사람들'은 나다. 도의원 선거 참패, 아베 퇴진을 요구하는 데모에 8천 명『こんな人たち』は私だ 都議選惨敗、安倍退陣を求めるデモに8千人〉, 《주간 아에라》 2017년 7월 24일, 58쪽).

음'은 사실 많은 사람이 어렴풋이 느끼고 있지 않은가. 돈과 권력을 지닌 자들의 입에서 퍼져나가는 언어나 소셜 미디어에서 넘쳐나는 언어가 어딘지 이상하고 답답하고 듣고 있으면 괴롭다고 느끼는 사람이 분명 적지 않을 것이다.

그런 사람들과 '말의 파괴'에 대한 위기감을 공유하기는 그리 어렵지 않은 일이라고 믿는다. '요즘 눈에 띄는 끔찍한 말 목록' 같은 것을 만들어 무엇이 어떻게 끔찍한지 설명하면 다들 어느 정도 찬동해줄 것이다.

반면 설명하기 대단히 어려운 것도 있다.

'말이 파괴되었다'고 지적하는 데 그치지 않고 좀 더 깊게 '구체적으로 무엇이 파괴되었는가'를 설명하려고 하면 제대로 설명하기가 좀처럼 쉽지 않다.

'파괴된 것'은 굳이 말하자면 말의 '혼', '존엄성', '우아함'이라 할 수 있는, '말에 따라붙어 존재하는 존귀하고 긍정적인 힘'이지만, 이런 것을 이해하기 쉬운 문구로 짧게 정리하기는 어렵다.

안타깝게도 지금 사회에서는 '짧고 이해하기 쉬운 문구'로 정리되지 않는 것은 애당초 '존재하지 않는다'고 간주된다(역으로 실체 따위 없어도 캐치프레이즈만 내놓을 수 있다면 존재하는 것처럼 보인다). 하지만 이 책에서 생각하고 싶은 것은 이렇게 '짧은 말로는 설명하기 어려운 말의 힘'이다.

말에는 지쳤을 때 살짝 어깨를 빌려주거나, 숨이 막힐 때 등을 어루만져주거나, 좁은 시야를 넓혀주거나, 스스로를 몰아붙이는 일을 멈추게 해주는 역할과 작용이 있다고 생각한다.

그러한 말의 존재를, 말의 양상을 어떻게든 그려내고 싶지만,

소중한 것일수록 말로 표현하기 어려운 것이 세상의 이치이자 인간의 업보라서 간단히 정리하거나 깔끔하게 다듬어내거나 명석하게 요약하기란 불가능하다.

그러므로 이 책에서는 '파괴된 것은 ○○이다'라는 알기 쉬운 결론은 내지 않을 것이고, 낼 수도 없다. 장황해질지도 모르지만 '혼'과 '존엄성'과 '우아함'을 느낄 수 있는 말의 실례를, 그렇게 말한 사람의 에피소드와 함께 하나하나 소개하고자 한다.

솔직히 이 책의 글들은 나누어 묶기도 어려웠다. 자랑은 아니지만(아니, 조금은 자랑이지만……) 나는 이제까지 책을 쓰면서 목차를 구성하는 데 실패한 적이 없었다. 하지만 이 책에서만은 완전히 불가능했다.

무언가를 깔끔히 정리하려고 하면 주르르 떨어져나가는 것이 생긴다. 이해하기 쉽고 잘 보이는 간판을 설치하려고 하면 '전하려는 것의 총합'은 도리어 손실되어 줄어든다.

이렇게 '전하기 어려운 것'을 전하기 위해서는 어떻게 하면 좋을까……. 지독히 고민한 뒤 나온 답은 '일단 말을 하나하나 쌓아 올린 다음 쌓아 올린 것을 통해 독자들이 직접 느끼게 할 수밖에 없다'는 것이었다.

결국 각각의 이야기를 무작정 나열하는 방식으로 목차를 구성하게 되었지만 나로서는 나열하는 것만으로도 벅찼다. 대신 이 책은 어디서부터 읽어도 상관없다. 아무 부분부터 읽기 시작해서 아무 데서나 책 읽기를 끝내도 어떠한 문제도 없다. 무책임하게 들릴지도 모르지만 앞으로 소개할 말들은 나, 즉 글쓴이의 시나리오나 줄거리에 다 담길 수 없는 신기한 힘을 지닌 말

말에 구원받는다는 것

들이다.

또한 이 책에서 소개한 말의 주인들은 역사 속 위인도 아니고 유명인도 아니다. 굳이 분류하자면 철저한 서민이자 진정한 민초의 삶을 살아온 사람들이다. 위키피디아에 실려 있지 않은 사람 역시 많다. 제2차 세계대전 후 사회 운동에 대해 자세히 아는 사람이 아니고서는 이 책에 등장하는 인물들을 알지 못할 것이다(이처럼 '기억에서 사라진 작은 위인들'을 소개하는 것도 이 책의 숨은 주제라고 할 수 있다).

따라서 《세계의 위인 명언집》을 읽을 때처럼 일부만 조금 읽고 '□□라는 사람이 △△라고 했구나', '그건 ××적으로 말하면 ○○라는 거지'라고 똑똑한 척 얘기하며 폼 잡을 수도 없게 하는 책이다. 손쉽게 효율적으로 성과를 얻고 싶은 사람에게는 가격 대비 성능이 떨어진다(참고로 내가 가장 싫어하는 말이 '가성비'다).

그래도, 그럼에도 이 책을 쓰고자 하는 이유는 '파괴된 말'에 맞서고 싶고, 말의 힘을 믿고 싶기 때문이다. 잃어서는 안 될 말의 존엄이 여기에 있으리라고 생각한다.

미치는 게 정상

언어에는 '내리쌓이는' 성질이 있다.

입 밖으로 나온 언어는 개인 안에도, 사회 안에도 내리쌓인다.

그러한 언어가 축적되어 우리가 지닌 가치관의 기반을 만들어간다.

나는 지금 맹렬한 위기감을 느끼고 있다.

우리가 살아가는 이 사회에

어떤 기분 나쁜 말들이 넘쳐흐르는 것에 대해.

'들어가며'에서 미처 하지 못한 자기소개를 여기서 잠깐 해보려고 한다.

나는 그럭저럭 10년 정도 '문학자'로 일해왔다. 어딘가 막연한 직함(직종)인 데다 대체 어떤 사람이 스스로를 '문학자'라고 소개해도 될지 판단하기 어렵지만, 어쨌든 날마다 읽고 쓰고 귀를 기울이며 말의 문제에 대해 생각하기를 업으로 삼고 있다.

'말의 문제에 대해 생각하는 업'이라고 밝히면 어려운 한자를 많이 쓸 수 있겠다, 어휘력이 풍부하겠다, 문법에 해박하겠다며 '언어 선생'처럼 생각하는 사람이 많지만, 안타깝게도 그런 이미지와는 좀 다르다.

내가 하는 일은 '말 자체에 대한 연구'보다는 '이 사회에 존재하는 다양한 문제를 「말이라는 시점」에서 생각하는 일'이라고 하는 편이 딱 들어맞는다.

학자가 자기소개를 할 때는 자신의 전문 분야를 소개하는 것이 관례이므로 잠시 이에 대해 설명해보겠다.

내 전공은 '피억압자의 자기표현법'이다. 이렇게 쓰면 거창해 보이지만 간단히 말해 사회에서 괴롭힘·차별을 당하거나 부당하게 냉대받는 사람들은 혹독한 상황에 처한 자신을 어떻게 표현하고 있는지에 대해 연구하는 중이다.

'자기표현'을 연구 주제로 삼은 이유는 내가 자신을 표현하는 일에 서툴렀기 때문이다. 어렸을 때부터 내 안에 '표현'할 만한 무언가가 존재할 리 없다고 생각했고(기본적으로 나는 '자기 긍정감' 같은 것이 낮다), 지금도 감정을 분명하게 잘 표명하지 못한다 ("아니오"라고 쉽게 말하지 못하는 타입일지도 모른다).

그런데 학창 시절, 대단히 성실하게 '자기표현'을 하는 이들을 만났다. 병이나 장애 때문에 일상생활이 힘든 와중에도 '나다운 언어'로 사회 부조리와 싸우고 세상의 찬바람을 받아넘기며 인생을 즐기는 사람들이었다.

　대다수는 장애인 운동이나 환자 운동 관계자들이었다. 세상은 이런 '운동' 관계자에게 '특별하다' 또는 '편향적이다'는 이미지를 씌우곤 하지만, 내가 아는 그들은 의외로 '보통'에 '평범'했다.

　나와 별로 다르지 않은 '보통 사람들'이 이런저런 시행착오를 겪고 칠전팔도하면서 자신이 이곳에 존재한다는 사실을 자신의 말로 표현하고 있었다.

　싫은 것은 "싫다"고 하고 부정해야 할 때는 "아니"라고 말하며, 즐거울 때는 얼굴에 주름이 잔뜩 지도록 웃고 화가 날 때는 무시무시하게 화를 냈다. 그런 사람들의 희로애락을 담은 말로부터, 이 사회가 안고 있는 많은 문제점을 배웠다. 대단히 진부한 표현이지만 하여간 매력적이었다. 그 무렵 맛본 '말에 대한 감동'이 축적되어 이후의 나를 만들었다고 생각한다.

　이러저러하여 말을 고찰하는 일을 하게 된 나는 지금 맹렬한 위기감을 느끼고 있다. 우리가 살아가는 이 사회에 어떤 기분 나쁜 말들이 넘쳐흐르는 것에 대해.

　무엇이 기분 나쁜지는 설명하기 어렵다. 하지만 굳이 정리하자면 '입 밖에 내기는 쉽지만 입에 담을수록 숨이 막히는 말들이 늘어났다'고 하겠다.

내 주변에서 일어난 일을 예로 들어보겠다.

내가 잘 따르던 선배('A 선배'라고 하자)가 직장에서 괴롭힘을 당하다 우울증에 걸려 힘든 시간을 보낸 적이 있다.

우울증 자체도 힘들었겠지만, 그보다도 자기 인식에 문제가 생긴 것이 더 힘들어 보였다. 그는 '우울증에 걸린 자신'을 받아들이지 못했다.

게다가 일을 쉬고 싶어 하지도 않았다. 걱정한 지인이 병원 진료를 권했지만 완고하게 거부했다. 나는 그렇게 약하지 않다, 지금 게으름을 부렸다가는 직장에 돌아가지 못한다고. 그렇게 거부한 뒤 매일 정시에 집을 나섰다.

그러던 어느 날 몸을 끌다시피 하며 국도를 따라 버스 정류장 쪽으로 걷고 있을 때, '저 큰 차 밑으로 뛰어들면 편해질 텐데……'라는 생각이 머릿속을 스쳤다. 그는 갑자기 너무 무서워져서 도로 표지판 기둥에 꼭 매달렸다.

그리고 이 체험을 계기로 자신의 한계를 깨달았다.

나중에 상태가 진정된 후에 이 이야기를 들은 나는 참으로 복잡한 기분이 들었다.

그의 직장에는 예전에도 마음의 병으로 휴직하거나, 출근했어도 간단한 일밖에 하지 못하는 직원들이 있었다고 한다. A 선배는 그 사람들을 뒤에서 비난했다. "일을 못 하는 사람이 있으니까 내 부담이 커져서 난처하다", "저러고도 월급을 받다니 부럽다" 같은 불평 섞인 험담을 했다.

그렇지만 A 선배는 특별히 '나쁜 사람'이 아니었다. 바쁘게 돌아가는 직장에 대한 불평을 서로 털어놓다가 부지불식간에 이런 말을 흘리거나, 그 자리의 분위기에 맞춰 적당히 맞장구치는 경우가 있다. A 선배도 비슷한 식으로 가시 돋친 말을 흘렸을 것이다.

그런데 이번엔 자신이 괴롭힘 피해자가 되어 고통스럽고 괴로운 상황에 몰렸다. 마음도, 몸도 무겁고 괴롭고 고통스럽다. 머리로는 힘을 내고 싶고 힘내야 한다고 생각하지만 어떻게 해도 몸이 움직이지 않는다.

그때까지 자기가 비난했던 사람들과 같은 상황에 처한 것이다. 그러자 이제까지 자신이 내뱉었던 차가운 언어가 되돌아왔다.

고달픈 상황에 직면한 A 선배는 어떻게 대처했는가. 자신이 '그런 사람들'의 처지라고 여겼던 상황에 빠졌다고 인정하기 두려워서, 그 사실을 부정하고 싶어서, 누군가에게 도움을 청하기는커녕 무거운 몸에 더욱 채찍질을 가하며 남은 힘을 쥐어짜냈다.

직장이나 학교에서 누군가가 마음의 병을 얻을 만큼 괴롭힘을 당해 문제가 불거지면 "그만두라고 말했어야지", "괴롭힘을 당하고 있다고 밝혔으면 좋았을 텐데" 같은 말이 피해자에게 쏟아지기 일쑤다.

하지만 그런 말은 형태만 다른 자기 책임론이다. 이런 말이 얼마나 많은 사람의 입을 다물게 했을까.

이런 괴롭힘은 '개인적인 문제'로 여기기 쉽지만 사실은 회사나 조직의 양상을 판단할 수 있는 '사회적 문제'다. '사회적 문제'를 개인이 직면하는 것이므로, 괴롭힘 때문에 상처 입는 일도 '개인적인 문제'가 아니다.

따라서 상담 기관을 정비하고 피해를 사적인 일로 취급하지 않는 것이 중요하지만, 괴롭힘의 무서움은 개인으로부터 '다른 사람과 의논해보자'라는 발상 자체를 빼앗아버리는 데 있다.

심지어 A 선배는 더욱 견디기 어려운 상황에 놓여 있었다. 자신이 '그런 사람들'을 향해 내뱉은 말에 스스로가 고통받는 연쇄적 악순환에 빠지고 말았으니.

괴롭힘 피해자를 향한 발언 "그만두라고 말했어야지"처럼 원래는 사회 문제로 생각해야 하는 문제를 특정 개인에게 떠넘기는 말을 쉽게 접한다.

그런 말을 '말하기'는 아주 간단하다. 깊이 생각하지 않아도 되고 번거롭지도 않다. 슬쩍 '깔보듯' 내뱉으며 우월감도 맛볼 수 있다.

하지만 그런 말은 입 밖에 낼수록 점점 더 숨이 막힌다. 자신도 숨 막히고 주위도 숨 막히게 한다.

최근 병에 걸린 사람, 장애가 있는 사람, 고령자, 빈곤한 사람, 가족에게 문제가 있는 사람, 범죄 피해를 당한 사람 등을 '삶의 괴로움→을 짊어진 이'라는 말로 나타내는 경우가 늘었다(몹시 에두른 표현이지만 우선 이 말을 빌려오자).

'들어가며'에 쓴 '위기감'은 사실 이와 관련이 있다. '말하기는 간단'하지만 '말할수록 숨이 막히는 언어'가 사회에 넘쳐나 '삶의 괴로움을 짊

→
'삶의 괴로움 生きづらさ'이라는 용어는 본래 의료 현장에서 눈에 쉽게 띄지 않는 장애를 가리키기 위해 사용되었으나 점차 의미가 확대되어 현재는 장애, 차별, 괴롭힘 등 다양한 문제를 포괄하는 표현으로 쓰이고 있다.

어진 사람'의 입을 다물게 만드는 압력이 급속히 높아지고 있다.

언어에는 '내리쌓이는' 성질이 있다. 입 밖으로 나온 언어는 개인 안에도, 사회 안에도 내리쌓인다. 그러한 언어가 축적되어 우리가 지닌 가치관의 기반을 만들어간다.

'배려 없는 말'이야 예전에도 있었지만 소셜 미디어의 영향으로 '말의 축적'과 '가치관 형성' 속도가 폭발적으로 빨라졌다. 심지어 그 폭발을 누구나 일으킬 수 있게 되었다.

그것이 무섭다.

'누군가를 입 다물게 하기 위한 말'이 내리쌓이면 '입을 다물게 하는 압력'도 반드시 높아질 것이다. '삶의 괴로움을 떠안은 사람'이 "도와줘"라고 말하지 못하게 만드는 압력이다.

A 선배가 겪은 '마음의 병'에 대해서도 "나약하다", "어리광 부린다", "게으름 피울 뿐이다"라고 평하곤 한다. A 선배도 '마음의 병'으로 휴직한 동료들에 대해 비슷한 말을 했다. 하지만 그런 말이 쌓이고 쌓여 이번에는 본인이 그 '압력'에 짓눌리게 되었다.

바쁘고 피곤하면 "힘든 건 나도 마찬가지야"라고 불평 한마디 흘리고 싶어진다. 욕하고 싶을 때도 있다. 나 역시 그런 감정과 아무 연 없이 살고 있지 않다.

하지만 '살기 괴로운' 정도를 서로 비교해봤자 결코 편해지지 않는다. 도리어 '입을 다물리는 압력'이 높아질 뿐이다.

이런 '압력'을 높여서는 안 된다. '살기 괴로운 사람이 불쌍하기 때문'이 아니다. '불쌍하다'는 감상은 '나는 그런 문제와 관계

없다'고 생각하는 사람의 발상이다.

그 압력을 높여서는 안 되는 이유는 '자신이 죽지 않기 위해서'다.

맞서기 위한 말

안타깝게도 '입을 다물리는 압력'은 입을 다물고 있어도 약해지지 않는다. 이에 저항하기 위해 우리는 말을 차곡차곡 쌓지 않으면 안 된다.

하지만 어떤 말을 쌓아야 좋을까?

뻔한 소리인지도 모르지만 답은 과거에서 배울 수밖에 없다. 예전에 이런 글을 지은 사람이 있었다.

어떤 시점에서 보기에는 이른바 미친 상태라고 해도 그것이 억압에 대한 반역으로서 자연스럽게 나타난 상태라면 그 자체는 정상입니다.

정신병에 대한 편견이 지금보다 훨씬 더 심했던 1974년에 '전국 「정신병」자 집단'↘이라는 단체가 결성되었다. 정신 장애인들이 함께 연대하여 차별과 편견에 맞서며 환자의 인권을 경시하는 정신과 의료의 문제를 준엄하게 지적하는 단체이다(지금도 활동하고 있다).

위 인용구는 이 단체에 참가했던 요시다 오사미 씨(1931~1984)의 말이다. 당시 '마음이 병

↘
일본어명 표기
'전국 「정신병」자
집단 全国「精神病」者集団'을
그대로 번역하였다.

들었다'고 하면 '그 사람이 약하다·나쁘다·이상하다'는 식으로 결론이 났다. 마음이 병든 사람에게 무작정 약을 먹게 하든가 장기 입원시키면 '문제가 해결된다'고 생각했다.

그러한 부조리 앞에서 요시다 오사미 씨는 입을 다물지 않았다. 마음의 병은 《억압에 대한 반역》이므로 《정상》이라고 단언했다. 이 말의 대단함은 여세를 몰아 "그렇다면 이상한 건 무엇인가? 누구인가?"라고 되물었다는 점에 있다.

당연하지만 환경과 조건만 맞으면 누구의 마음이든 부서질 수 있다. 그렇다면 '마음을 부수려고 덤벼드는 쪽'이 문제다. 요시다 오사미 씨의 말을 통해 사람의 마음이 부서질 수 있음을 상상하는 능력이 없는 자가 사회의 모습을 결정할 때 얼마나 무서운 일이 벌어질지 이해할 수 있다. '마음의 병'의 개념을 근본적으로 바꾸어주는 한마디이자, 내면의 가치관과 선입관을 뒤흔들어 더 깊이 생각할 기회를 주는 말이 '명언'이라면 이 말은 전설적인 '명언'이다. '세계 유산'이 아니라 '언어 유산'을 지정한다면 가장 먼저 추천하고 싶다.

누군가의 '살아갈 기력'을 꺾는 말이 난무하는 사회는 누구도 '살아갈 의욕'이 솟지 않는 사회가 된다. 나는 그런 사회를 다음 세대에게 물려주고 싶지 않다.

참고: 요시다 오사미 씨의 말은 《"광기"의 반격—정신 의료 해체 운동을 바라보는 시점 "狂気"からの反撃—精神医療解体運動への視点》(신센샤 新泉社, 1981)에서 인용했습니다.

격려를 포기하지 않기

많이 '있는 말'은 눈에 띄므로 금세 눈치채기 쉽다.

반면 '없는 말'은 찾아내기 어렵다.

애당초 '없는' 것이니 당연히 눈치채기 어려운 것이다.

하지만 그런 '없는' 것을 상상하는 힘도 필요하다.

말로 소중한 사람을 지탱해야만 하는 상황은

누구에게나 별안간 찾아올 테니까.

남을 격려하는 말이란 무엇인가. 애초에 말로 사람을 격려하는 것이 가능한가. 이런 생각을 하게 된 계기는 2011년 동일본 대지진이었다.

그때 텔레비전이나 신문에서는 도호쿠 지방의 심각한 상황을 연일 보도했다. 초대형 쓰나미의 압도적 위력. 사람의 통제를 벗어나 폭주한 원자력발전소. 몸과 마음에 상처를 입고 지쳐 쓰러진 사람들. 화면에 비친 재해지의 모습은 말 그대로 필설로다 하기 어려운 상태였다.

말이란 얼마나 무력한가. 아니, 말을 다루는 일을 직업으로 갖고 있는데 이런 재해 앞에서 한마디 말도 하지 못하는 자신은 얼마나 하찮은 존재인가. 그런 맹렬한 무력감에 사로잡혔다.

그래도 최소한 말에 대해 생각하는 일은 포기하고 싶지 않았다. 그래서 일단 주의 깊게 살피며 귀를 기울였다.

이와 같은 비상시에는 어떤 말이 널리 쓰일까. 비상시라는 극한의 상황은 우리 말에 어떤 영향을 미칠까. 그 답을 확인하고 싶어서 날마다 눈에 비치는 글자와 귀에 들어오는 목소리를 필사적으로 긁어모았다.

그러면서 '격려하는 말'이라는 문제에 관심이 생겼다.

대지진 직후, 텔레비전의 해설자나 공익 광고도 여러 '격려하는 말'을 모색하는 듯했다.

분명 많은 사람이 '피해자들에게 힘이 되고 싶다', '격려하고 싶다'고 생각했을 것이다. 하지만 "힘내세요" 같은 흔해 빠진 말은 피해자에게 실례일 것 같다. 격려하고 싶지 상처 주고 싶지 않다. 그런 갈등 속에서 모두가 신중하게, 또는 실수할까 봐 조심조심 말을 골랐을 것이다.

나는 여전히 개운하지 않은 느낌을 떨쳐버리지 못한 채 쭉 생각해보았다. 그러다가 우리가 사용하는 언어에는 '순수하게 남을 격려하는 말'이 아무래도 존재하지 않는 것 같다는 깨달음을 얻었다.

'격려하는 말'이 없다는 어려운 문제

《헤븐ヘヴン》이라는 장편 소설이 있다. 가와카미 미에코가 쓴 장편 명작으로, 중학교에서 벌어진 처절한 '집단 괴롭힘'을 주제로 삼고 있다.

작품 속에서 가해자와 피해자가 일대일로 대화를 나누는 장면이 나온다. 괴롭힘을 당하는 주인공이 뜻밖에 마주친 가해자무리 중 한 명을 붙잡고 용기를 쥐어짜 말을 거는 대목이다. 주인공은 떨리는 목소리로 묻는다. 어째서 너희는 나에게 그렇게 심한 짓을 할 수 있느냐고.

내용 누설이 되기 때문에 자세히 쓰지는 않겠지만 주인공은 가해 남학생과의 말다툼에서 무참하게 패한다. 어찌나 압도적으로 지고 마는지 읽다 보면 슬프고 화도 나고, 감정이 무턱대고 격해져서 솔직히 읽기 괴롭다.

사실 나는 수업이나 강연 중에 종종 이 소설을 소재로 워크숍을 연다. 그리고 참석자들에게 짧은 글을 써보게 한다. 주제는 '괴롭힘당하 ↘ 2023년에 '책세상'에서 한국어판(이지수 옮김)이 출간되었다.

는 아이를 격려하기'다.

그러면 많은 참석자가 '괴롭힘당하는 쪽'을 동정하고 '괴롭히는 쪽'을 용서할 수 없다고 분노한다. 이글이글 타오르는 분노의 불꽃이 눈에 보일 듯이 격렬히 화내는 사람도 있다.

하지만 제출한 글들을 보면 대략 60에서 70퍼센트 가까이의 사람들이 괴롭히는 쪽 편을 든다(내 경험에 따른 비율이다). 정확히 말하면 괴롭히는 쪽이 할 법한 말을 근거로 삼은 글을 쓴다. 심정적으로는 괴롭힘당하는 쪽에 동감하지만 완성된 문장은 괴롭히는 쪽에 가까워지는 것이다.

어째서 이런 일이 일어날까. 아마 '말이 없는 것'과 관계가 있을 것이다.

'남을 격려하는 말'이라고 하면 어떤 문구가 떠오르는가.

워크숍에서 나오는 부동의 상위 1~3위 문구는 "힘내", "지면 안 돼", "괜찮아"이다. 그 밖에도 여러 표현이 나오지만 이 세 문구의 순위는 흔들리지 않는다.

하지만 가만히 생각해보면 "힘내"와 "지지 마"는 남을 야단칠 때도 쓰는 말이다. '질타격려叱咤激励↘'라는 사자성어가 있듯이 일본어에서는 '질타'와 '격려'가 동전의 양면 같은 관계이다.

한편 "괜찮아"도 최근에는 "no thank you"의 의미로 사용되는 경우가 많다. "커피 한 잔 더 드시겠어요?", "아, 괜찮습니다" 같은 식이다.

우리가 대표적인 '격려 표현'이라고 생각하는 말들이 시간과 장소에 따라서는 '남을 야단치

↘
큰 목소리로
꾸짖거나
격려하며 기운을
북돋우는 행위.

는 말'이나 '남과 거리를 두는 말'로 모습을 바꾼다. 아무래도 우리가 쓰는 언어에는 '어떤 문맥에 넣어도「남을 격려하다」라는 의미만을 지니는 말'은 존재하지 않는 듯하다.

워크숍에서도 처음에는 괴롭힘당하는 쪽에 동감하는 내용이었다가 후반으로 갈수록 "이런 놈에게 지지 말고 힘내"라는 논조를 띠는 글을 많이 볼 수 있다.

그 이면에 담긴 의미는 '마음을 강하게 먹어라'라는 것이겠지만, 받아들이기에 따라서는 '네가 약하니까 괴롭힘을 당해도 어쩔 수 없다'는 메시지가 된다.

'약하니까 어쩔 수 없다.' 사실 이는 소설《헤븐》에서 괴롭히는 쪽이 내세우는 구실과 거의 같다.

지금 돌이켜보면 동일본 대지진은 평소 우리가 사용하는 '격려하는 말'로는 결코 대처할 수 없는 사태였다.

끊임없이 참고 견디는 피해자에게 "힘내"는 어울리지 않는다(이미 한계까지 힘을 내고 있다). "지면 안 돼"도 말이 되지 않는다(재해는 '승부'와 관계없다). "괜찮아"도 이상하다(실제로 '괜찮지 않은' 사람이 많았다).

그러다가 어디서 "혼자가 아니에요"라는 문구가 쓰이기 시작했다. 피해자를 고립시키지 말고 연대하자는 뜻을 담은 새로운 '격려하는 말'이었다.

하지만 이 말도 쓰기에 따라서는 "당신만 힘든 것이 아니다(그러니까 견뎌라)"라는 뜻이 될 수 있다.

많은 사람을 대상으로 하는 말은 아무래도 그물코가 성기게 된다. "피해자"라고 묶어 부르지만 실제 피해자들은 저마다 다른 사정을 지닌 인간 한 명 한 명으로 구성되어 있다. 그러니 하나의 말이 모두의 마음을 온전히 표현할 수 있을 리 없다. "그 말은 지금 심정에 맞지 않다"고 하는 사람이 있다면 그때그때 필요한 말을 찾아야 한다.

물론 대지진은 말만으로 어떻게 할 수 있는 문제가 아니다. 하지만 그렇다고 말을 뒷전으로 미뤄도 되는 것은 아니다.

앞서 말한 워크숍 일화를 통해 '어떤 상황에서나 남을 격려할 수 있는 편리한 말은 없다'는 사실을 깨닫길 바란다. '도라에몽의 비밀 도구' 같은 만능 표현은 존재하지 않는다.

하지만 신기하게도 우리는 평소 '누군가의 말에서 격려받는 경험'을 한다. 역시 '말로 격려하기'란 확실히 가능한 일이다.

그러니 "말은 무력하다"고 절망할 필요는 없다. 말을 믿고 '말 찾기'를 계속하면 된다.

한센병 요양소를 겪은 사람

하지만 애초에 '말을 믿는다'는 것은 대체 어떤 일일까? 그 의미는 실제로 '말을 믿었던 사람들'이 남긴 말에서 배우는 수밖에 없다.

옛날에 환자는 어떤 의미에서 모두 시인이지 않았을까. 스스로 깨닫지 못했을 뿐. 꺾이려는 마음을 격려하고 동료를 위로하는 말을 알고 있었으니까.

　이 말을 남긴 사람은 한센병 회복자인 야마시타 미치스케 씨 (1929~2014)다. 아주 오랫동안 국립 한센병 요양소에서 생활했다.
　한센병 요양소에는, 과거에 한센병에 걸렸다가 완치된 후에도 여러 이유로 그곳 외에는 생활할 장소가 없는 사람들이 살고 있다.
　'여러 이유'란 후유증이 남아 생활 보조나 의료 처치가 필요한 경우, 장기간 강제로 입소해 있어서 사회에서 사는 데 필요한 기술이 없는 경우, 지역 사회로부터 차별을 받아 "돌아오지 말라"는 말을 들은 경우 등, 정말로 '여러' 상황에서 태어난 이유들이다. 일본에서는 한센병 환자를 격리하는 정책이 오랫동안 실시되어 많은 환자가 요양소에 수용되었다. '유전된다'거나 '전염된다'는 오해와 편견 탓에 환자들은 심하게 차별받았다. 유효한 치료법이 확립되어 보급된 뒤에도 차별은 계속되었다.
　요양소에는 극심한 차별로부터 스스로를 지키려고, 또는 가족에게 차별 행위가 미치지 않도록 가명을 쓰는 환자가 많았다. 가족이 먼저 본명을 버리라고 강요하기도 했다.
　야마시타 씨는 1941년, 12세의 나이로 요양소에 입소했다. 2014년에 세상을 떠날 때까지 실로 70년 이상 줄곧 요양소에서 생활했다. 그리고 한센병 관련 자료를 모은 '한센병 도서관'의 주임을 맡아 '역사 전하기'에 인생을 건 사람이었다.
　야마시타 씨가 입소했던 시기의 요양소는 끔찍했다. 사회로부터 차별받고 있는 데다 의료 관계자와 직원이 횡포를 부리기도 했다. 오늘날에는 '인권 침해'로 여겨질 일 또한 많이 일어났다. 이름만 '요양소'였지 식사는 빈약했고 의료 수준은 낮았으며, 환자들도 농사를 짓거나 토목 작업에 참여하거나 중증 환자 간병을 돕지 않으면 시설 자체가 유지되지 않았다.

그런 와중에도 환자들 사이에는 우정과 애정이 있었고, 웃음과 눈물이 뒤섞인 인간 드라마가 펼쳐졌으며, 몰래 무언가를 꾸미려는 환자들과 감시하는 직원들 사이에서 공방전이 벌어지기도 했다. 복잡하고 까다로운 인간관계와 싸움, 언쟁도 물론 있었다.

진부한 표현이지만 그곳에는 우리와 다르지 않은 '있는 그대로의 인간들'이 생활하고 있었다.

1949년 겨울, 야마시타 씨의 친구가 세상을 떠났다. 요양소 바깥 밭으로 고구마 서리를 하러 갔다가 붙잡혀 뭇매를 맞았던 것이다. 도둑질은 좋지 않은 일이다. 하지만 패전 후 요양소의 식량 사정은 나빴고 모두 배를 곯았다. 친구는 자신이 돌보고 있던 중증 환자에게 먹이려고 가지 않아도 될 고구마 서리를 하러 갔다.

다쳐서 요양소로 돌아온 친구는 어떻게 되었을까. 허가 없이 밖에 나갔다고 욕을 먹고 감방에 갇혔다(당시 한센병 요양소에는 감금 시설이 있었다). 그래서 상처가 도졌을 것이다. 친구는 그때 다친 곳이 낫지 않아 죽고 말았다. 그림 그리기를 좋아하는 사람이었다.

당시 환자에게는 개인 소지품이랄 게 거의 없었다. 신분을 감춘 사람도 많았다. 유족이 누군지 알 수 없었고 유품도 없었다.

다시 말해 '그 사람이 살았다는 사실'이 남지 않았다는 뜻이다. 그건 너무나 슬프다. 그래서 야마시타 씨는 친구를 위해 추도시를 지었다.

> 거센 북풍이 부는 새벽녘
> 챙 없는 전투모를 비뚜름히 쓴 벗은 그때까지 대소변을 보려 끙끙대고 있었는데……
> 거품을 내뿜고, 열기가 다 꺼진 작은 손난로를 아랫배 위로 꽉 쥔 채, 언젠가 자신이 그린 〈겨울 창〉이 걸려 있던 액자에서 얼굴을 돌리고 떠났다……
>
> 〈끝내…… 떠난 벗 세라에게 亡に…… 亡友瀬羅へ〉,《산벚나무山櫻》1950년 1월호.

시를 짓는다고 죽은 친구가 돌아오지 않는다.

환자에 대한 차별이 사라지지도 않는다.

그래도 야마시타 씨는 성심성의껏 이 시를 지었다.

적어도 말로 남겨두면 언젠가 누군가가 친구를 생각하며 친구를 위해 기도해줄지도 모른다.

'말을 믿는다'는 것은 틀림없이 이런 일이리라.

자신의 힘으로는 어찌할 수 없는 사태에 직면했지만 그래도 누군가를 위해 무언가를 하고 싶다. 어떻게 하면 좋을지는 몰라도 무언가 하고 싶다……. 그런 생각이 지극해졌을 때 문득 태어나는 말이 '시'가 된다.

야마시타 씨가 말하는 '시인'이란 분명 그러한 말을 자아내는 사람을 뜻할 것이다.

말에 구원받는다는 것

과거 한센병 요양소에는 '시인'들이 많이 있었으리라. 가혹한 차별을 견디며 살아가기 위해, 서로 의지하기 위해 말을 나누었을 것이다.

　　끔찍한 일이 일어났을 때 "말은 무력하다"고들 한다. 무슨 말을 해도 "허울 좋은 말"이라는 비판을 받는다.

　　동일본 대지진 후에도 "문학 따위는 쓸모가 없다"는 이야기가 나왔다. "이러쿵저러쿵 늘어놓지 말고 자원봉사를 하든 지원 물자를 보내든 몸을 움직여야 한다"고들 했다.

　　나 자신도 '말을 다루는 일'을 하는 것에 부끄러움을 느꼈다.

　　그러나 야마시타 씨의 말은 '어떤 어려운 상황에서도 말로 남을 격려하기를 포기하지 않은 사람들'이 있었다는 사실을 전해준다. 소중한 사람을 지탱하기 위해서는 역시 말이 필요하다고 가르쳐준다.

　　사실 나는 대학원생 시절에 야마시타 씨의 도서관에서 2년 동안 봉사 활동을 했고, '역사 전하기'에 대한 야마시타 씨의 집념을 접한 뒤 학자가 되겠다는 뜻을 세웠다. 그러므로 야마시타 씨의 말은 나에게 가보와 같다.

　　참고로 차별에 맞선 한센병 환자들은 제2차 세계대전 후 장애인 운동의 선구자들(중 하나)이었다고 전해진다.

　　동료를 위해 말을 포기하지 않았던 사람들이었기에 세상의 차별 앞에서도 침묵하지 않을 수 있었을 것이다.

　　제1화에서 나는 '입에 담을수록 숨 막히는 말'이 사회에 넘쳐나고 있다고 지적했다.

많이 '있는 말'은 눈에 띄므로 금세 눈치채기 쉽다. 반면 '없는 말'은 찾아내기 어렵다. 애당초 '없는' 것이니 당연히 눈치채기 어려운 것이다.

하지만 그런 '없는' 것을 상상하는 힘도 필요하다.

'없는 말'은 매번 모색할 수밖에 없다. 그러므로 '격려하는 말'을 계속 궁리하려고 한다. 차근차근 꾸준히 찾아나가려고 한다.

동일본 대지진이 예고 없이 갑자기 닥쳤듯이, 말로 소중한 사람을 지탱해야만 하는 상황은 누구에게나 별안간 찾아올 테니까.

참고: 야마시타 미치스케 씨의 말은 《노멀라이제이션—장애인의 복지 ノーマライゼーション—障害者の福祉》 2007년 10월호의 특집 '장애를 넘어선 예술 교류 障害を超えた芸術交流'에 게재되어 있습니다. 시 〈끝내……떠난 벗 세라에게〉도 같은 잡지에 소개되어 있습니다.

사전에는 없는,
'희대'라는 말의 태도

《희대》란 《인간의 선한 성품과 자기 치유력》을 믿고

그 《가능성》을 《무조건》적으로 신뢰하는 자세이다.

나는 이 말을 보답을 바라지 않고 상대를 믿어보는 태도라고 해석했다.

받아들이기에 따라서는 허울만 좋은 말인지도 모른다.

하지만 마음의 문제를 안고 있는 사람에게는

마음이라는 볼 수 없는 것에 대한,

경의를 품은 상상력이 반드시 필요하다.

신학기

새로운 생활

해마다 이런 말이 거리에 넘치는 계절이 되면 마음이 무거워진다. 아마 개인사 때문일 것이다.

초등학생 시절, 나는 '학교를 어려워하는 아이'였다. '부등교'(당시에는 '등교 거부'라고 했다)↘까지는 아니었지만 아침마다 어떻게든 학교에 안 갈 수 없을지 습관처럼 머리를 굴리곤 했다.

당시 나는 심각한 틱 증세를 가지고 있었다. 자기 몸에 대한 위화감을 통제할 수 없었던 상황도 힘들었지만, 사람들이 이상하게 움직이고 숨쉬는 나를 흘겨보거나 놀리는 게 더 큰 고통을 주었다.

공부도 운동도 잘하지 못했다. 초등학생 때 다 푼 문제집은 한 권도 없었다. 숙제도 기절할 정도로 싫었고 실제로 하지도 않았다. 여름 방학 숙제도 6년 동안 끝까지 해낸 적이 한 번도 없었다.

그런 탓에 선생님으로부터 매일같이 나머지 공부를 하고 가라는 지시를 받았다. 물론 순순히 말을 들을 리 없었기에 이런저런 수를 써서 빠져나갔지만. 지금 돌이켜보면 '공부'나 '배움' 자체가 싫었던 건 아니었다(서른 살 직전까지 대학에 남아 있었으니까). 그저 '어른이 시키는 일을 하기'가 고통스러웠던 것 같다.

정확히 말하면 '어린이에게 무언가를 시키면

↘
일본에는 학교에 가기를 거부하거나 학교에 갈 수 없는 아동을 가리키는 표현이 여럿 있다. 80년대까지는 '등교 거부'가 주로 쓰였으나 90년대 초를 기점으로 '부등교'가 더 널리 쓰이게 되었다.

서 제대로 설명해주지 않는 어른'이 참을 수 없을 만큼 싫었다.

학교는 '어른이 하는 말을 아이가 듣게 만드는 곳'이라고 생각했다. 그런 어린이가 학교를 좋아할 리 없다. 학교에서도 나를 별로 좋아하지 않았던 것 같다.

'새 학기가 시작되면 세상이 끝날 거야'라고 느끼기까지 했던 당시의 감각은 어른이 된 지금도 완전히 사라지지 않은 탓에 해마다 4월*이 다가오면 마음이 쿡쿡 쑤셔지는 느낌이 들면서 불안해지곤 한다.

노진구의 어머니와 선생님에게 하고 싶은 이야기

초등학생이었던 나에게는 '마음의 도피처'가 몇 곳 있었고, 한 치의 과장도 없이 그 덕분에 '죽지 않고 살아남았다'고 생각한다. 특히 만화와 책과 애니메이션은 중요한 피난처였다.

애니메이션 중에서도 《도라에몽》을 무척 좋아해서 금요일(지금은 토요일에 방영한다) 방송 전에는 일부러 화장실까지 다녀온 뒤에 텔레비전 앞에 앉았다.

다만 이 불후의 명작에도 거북한 등장인물들이 있었다. 노진구의 엄마와 학교 선생님이었다. 이들이 싫은 이유를 당시에는 잘 몰랐지만, 아마 공부도 운동도 못하는 노진구를 나 자신과 겹쳐 보며 둘을 무의식적으로 적으로 받아들였던 것 같다.

어른이 된 지금 《도라에몽》을 다시 봐도 역시 이들의 말과 행동에 의문이 끓어오른다.

일본은 신학기가 4월에 시작한다.

말에 구원받는다는 것

왜 오진숙 씨(노진구의 엄마)는 아직 초등학생인 아들에게 그렇게 자주 심부름을 시키고 집을 보라고 명령하는 걸까.

왜 "공부해라", "숙제해라"라고만 하고 모르는 것을 가르쳐주지 않을까.

왜 화내거나 화내지 않는 기준이 노진구가 한 행동의 옳고 그름이 아니라 그때의 자기 기분인 걸까.

왜 자기가 신나서 뜬금없이 진수성찬을 만들어놓고 아들의 반응이 미적지근하면 성을 낼까.

학교 선생님은 선생님대로, 어째서 노진구의 0점짜리 답안지를 반 아이들에게 보여주는 걸까.

어째서 노진구가 0점을 받을 때마다 노진구를 혼내는 걸까.

어째서 자신의 가르치는 방법이 나쁜 탓인지도 모른다고 잠시라도 돌이켜보지 않을까.

어째서 수업 구성이나 교재를 바꿔보지 않을까.

솟아오르는 의문을 쓰다 보니 끝이 없다.

하지만 오진숙 씨는 나름대로 집안에서 무거운 짐을 떠맡고 있음이 분명하다. 아버지의 존재감이 희박한 집에서 오진숙 씨가 때로 기괴한 소리를 지르며 가계부를 쓰는 모습이 묘사되는 걸 보면 평범한 가정에 도사린 심각하고 어두운 문제가 느껴진다.

한편 선생님 역시 '위엄'이라는 것으로 아이들보다 우위에 서지 못하면 '선생'으로서의 지위를 지킬 수 없다고 굳게 믿고 있는 듯하다. 또는 어른이 아이보다 우위에 서는 것을 '교육'이라고 믿어 의심치 않는 유형일지도 모른다. 그렇다면 선생님도 그만의 안타까운 인생을 살고 있는 것이다.

하지만 이런 방면으로도 생각해보기를.

노진구는 어느 날 갑자기 책상에서 튀어나온 파란 고양이 로봇과 노진구의 '손자의 손자'라고 자칭하는 신기한 소년의 말을 순순히 받아들이는 유연한 상상력의 소유자다. 아마 지구본을 처음으로 수용한 사람도 그런 상상력의 소유자이지 않았을까.

나는 노진구의 감수성과 상상력을 놓치는 어른이 되고 싶지 않다. 《도라에몽》에 푹 빠져 있던 시절의 나와 똑같은 나이가 된 아들과 함께 《도라에몽》을 보면서 그렇게 생각하곤 한다.

'기대'는 왜 무거울까?

갑자기 열변을 토한 김에 어린 시절 내가 느낀 위화감에 대해 조금만 더 이야기해보겠다.

초등학생 때 내 통지표에는 대체로 "다음 학기에는 더 열심히 합시다. 기대하고 있습니다"라고 쓰여 있었다. 선생님도 분명 쓸 말이 없어서 곤란했으리라.

하지만 나는 그런 말이 괴로웠다. '매일 학교에 가는 것도 열심히 하는 건데 더 열심히 하라고? 그런 「기대」는 필요 없는데'라고 생각했다.

'기대'는 순수한 마음을 매번 잘 전달할 수 있는 말이 아니다. 예를 들어 올림픽 선수에게 "기대하겠습니다!"라고 하면 '한 사람의 선수로서 스스로를 위해 뛰길 바란다'라는 뜻이 되기보다는, 굳이 말하자면 '메달을 따서 응원하는 사람들(우리)에게 감동을 주길 바란다'는 메시지를 전하는 것이 된다.

즉 '기대'에는 크든 적든 보답을 바라는 마음이 섞여 있고 '누군가를 위해', '무언가를 위해'라는 힘의 방향성이 들어간다.

물론 '누군가를 위해', '무언가를 위해'라는 마음은 사람을 움직이는 에너지원이 되므로 그 자체는 대단히 소중하다. 하지만 소중하기 때문에 오히려 타인이 일방적으로 밀어붙이면 사람은 더욱 지치고 만다.

나는 무엇을 위해서 무슨 일에 힘을 내야 하나.

나는 누구를 위해서 무슨 일을 해야 하나.

어린이에게는 이런 고민을 할 시간이 필요하지 않을까. 아니, 인생의 어떤 단계에서든 이 질문에 관해선 자기 나름대로 고민하는 편이 좋을 것이다. 나이가 몇이든 스스로 천천히 생각할 수 있다면 좋겠다.

'기대'는 나쁜 것이 아니다. 하지만 경우에 따라서는 무겁다.

상대에게 부담이 아니라 마음의 양식으로 받아들여질 말이 있다면 좋겠지만, 애당초 그런 말이 있을까.

실은 과거에 그런 말을 찾아낸 사람이 있었다.

독특한 정신과 병원의 획기적인 도전

예전에 《희대希待》라는 신기한 말을 배웠다. 물론 사전에는 실려 있지 않은 조어造語다. 이 말을 만든 사람은 어느 독특한 병원의 직원이었다.

1969년부터 1995년까지 도쿄도 하치오지시에 오카노우에라는 병원이 있었다. 내가 알기로는 일본에서 처음으로 '완전 개방제'를 실시한 선진적인 정신과 병원이다.

정신과 병원이 '개방'되어 있다는 것이 어째서 대단한가? 사정을 모르는 사람이 많을 테니 잠시 해설하고 넘어가겠다.

여러 선진국에 비해 '많은 병상 수', '긴 입원 기간', '폐쇄적인 병동'은 일본 정신과 의료 현장의 문제점으로 여겨져왔다. 여기에는 역사적인 배경이 있다.

정신과 병동이 증가한 것은 주로 1950~60년대 일이었다. 외과나 내과에 비해 병원 설비 기준이 느슨했기도 해서 이 시기에 사립 정신과 병원들이 연이어 개설되었다.

그런데 당시의 의료 제도는 환자가 많이 입원할수록 이익이 높아지는 구조였기 때문에 의료보다 영리를, 치료보다 관리(격리)를 우선하는 병원들이 등장해 큰 사회 문제가 되었다. 1960년에는 일본의사회 회장이 "정신병원은 목축업"이라고 발언해 논란을 일으키기도 했다.[1]

1970년, 《아사히 신문》기자가 알코올 의존증을 가장하여 어느 병원에 잠입해 사실감 넘치는 르포를 썼다(오쿠마 가즈오, 《르포·정신병동ルポ·精神病棟》). 잠금 장치와 철창이 도처에 설치된 병동에 갇힌 환자들이 거만한 의료 종사자들을 두려워하며 살아갈 기력을 서서히 빼앗기는 모습이 묘사되어 있다. 이런 병원에 갇

---

[1] 다케미 다로가 한 말로 여겨진다. 오쿠마 가즈오, 《정신병원을 버린 이탈리아, 버리지 않는 일본精神病院を捨てたイタリア 捨てない日本》(이와나미쇼텐岩波書店, 2009, 249쪽.)

히면 멀쩡한 사람도 마음이 병들지 않을까.

제1화에서 소개한 요시다 오사미 씨는 이러한 정신과 의료 현장의 '환자 부재'를 날카롭게 고발했다. 정신 장애인에 대한 차별과 편견은 사회뿐 아니라 의료 현장에도 존재한다. 1970년 전후로 환자들 사이에서 이를 고발하는 목소리가 높아지기 시작했다.

이 무렵에 일부 의료 종사자들도 정신과 의료 개혁을 실현하기 위해 나섰다. 개혁의 주요 쟁점 중 하나는 병원의 '개방화'였다(정신과 의료의 '지역 이행地域移行'↘이 주제가 되는 것은 한참 뒤의 일이다).

잠금 장치와 철창이 가득한 병원을 어떤 방식으로 개선할지에 대해 논의가 벌어졌지만, 당시의 자료를 살펴보면 "병동의 창문을 약간 열리게 해보았습니다" 같은 보고가 대단히 진지하게 이루어지는 수준이었다. 그만큼 정신과 병동의 개방화를 이루는 길에는 어려움이 많았다. 오카노우에 병원은 그러한 정신과 의료 개혁과 때를 맞추어 설립되었다.

오카노우에 병원은 아무튼 획기적이었다. 획기적인 도전을 하기 위해 생겨난 병원이라고 해도 과언이 아니었다.

이 병원에는 자물쇠도, 철창도 없었다. '입원 규칙' 안내문에는 '남녀 교제는 자유입니다'라고 쓰여 있기까지 했다. 당시 유행했던 '몰래카메라'류의 TV 프로그램에 촬영용으로 병실을

↘ '지역 이행'이란 장애인이 단순히 시설이나 병원에서 나와 본가로 돌아가 사는 것이 아니라, 자신이 살고 싶은 곳에서 평범하게 살아가는 것의 실행을 뜻한다.

빌려주거나, 병원 운영 원칙에 대해 환자들이 의사들과 교섭을 벌이기도 했다. 모두 당시의 정신과에서는 상상조차 할 수 없는 일이었다.

레크리에이션을 치료 프로그램에 본격적으로 도입한 점도 선구적이었다. 회화나 조형 작업, 그림자놀이, 스포츠, 연극 등도 활발하게 이루어졌다. 병원에서 일했던 분이 보관해온 1980년경의 문화제 사진에는 병원 내에서 열린 화려한 댄스 파티가 찍혀 있다. 환자들은 이렇게 느긋한 분위기에서 병에 지친 마음을 달랬을 것이다.

이런 부분만 보면 마치 이 병원이 이상향처럼 느껴질지도 모른다. 하지만 완전 개방제로 인한 문제도 매일같이 발생했다.

게다가 입원 환자를 통제하거나 정해진 매뉴얼대로만 대응하는 것이 아니라 진지하게 마주해 신뢰 관계를 맺기 위해 직원들이 쏟은 노력은 이만저만한 수준이 아니었다. 인원을 넉넉히 배치해야 했기 때문에 입원비도 비쌌다.

하지만 그 어마어마한 노력은 입원 환자들에게 전해졌을 것이다. 나는 이 병원에 입원했던 환자와 병원 직원이 마치 고등학교나 대학 동창처럼 이야기를 나누는 자리에 함께한 적이 있다. 정말 희귀한 경험이었다.

보답을 바라지 않기

그런 오카노우에 병원의 정신을 어느 옛 직원은 《희대》라는 말로 표현한다.

> 오카노우에 병원의 26년간의 도전은 일견, 인간의 선한 성품과 자기
> 치유력 그리고 내재된 가능성에 대한 무조건적인 희대에 바탕을 둔,
> 더없이 낭만적인 시도였다고 여겨지기도 한다. (원문의 강조점을 그
> 대로 살렸다.)

《희대》란 《인간의 선한 성품과 자기 치유력》을 믿고 그 《가
능성》을 《무조건》적으로 신뢰하는 자세이다. 나는 이 말을 보
답을 바라지 않고 상대를 믿어보는 태도라고 해석했다.

받아들이기에 따라서는 허울만 좋은 말인지도 모른다. 하지
만 마음의 문제를 안고 있는 사람에게는 마음이라는 볼 수 없는
것에 대한, 경의를 품은 상상력이 반드시 필요하다.

쉽게 표현하기는 어렵지만, 임상 현장에서는 '이 사람이 「살
아서 존재하는 것」에 대한 경외심'이 필요할 때가 있고, 그것 없
이는 회복을 향한 톱니바퀴 자체가 움직이지 않기도 한다.

이런 생각이 《낭만적》인 것이라면 인간에게는 낭만이 필요
하다. 오카노우에 병원은 최악을 각오하고 진심으로 그것을 믿
었던 병원이라고 생각한다.

《희대》라는 말을 지나치게 낭만주의적으로 해석한 감이 있
지만, 이 말을 뒤집어보면 대단히 현실주의적인 일면이 보인다.

나의 추측에 불과하지만 이 말을 만든 직원은 자신의 입장에
민감하고 신중한 사람이었음에 틀림없다. 사람과 사람이 진지
하게 마주하는 것은 중요하다. 하지만 사람은 저마다 다른 입장

에 놓여 있다. 입장은 개개인의 성품이나 개성과 관계없이 불균형한 역학 관계를 낳고 만다.

예를 들어 정신과 병원의 직원(특히 의료진)이 정신과 병원의 환자에게 '기대'를 한다고 해보자.

이것은 어떤 의미를 지닐까?

'기대하는 사람'은 순수하게 '병세가 호전되길 바랍니다'라고 생각하고 있을 뿐이더라도 '기대받는 사람'은 아무래도 '다루기 쉬운 환자가 되길 바랍니다(그렇게 되지 않으면 병도 낫지 않을걸요)'라는 메시지를 언뜻언뜻 느끼고 만다.

정신과 의료의 목적은 '좋은 환자'를 만들어내는 것이 절대 아니다. 오카노우에 병원의 직원들은 그 사실을 알고 있었으리라. 그래서 '기대'가 아니라 '희대'라는 신기한 말을 일부러 만들었을 것이다.

현실적인 문제를 마지막의 마지막까지 생각하고 또 생각하면, 최후에는 낭만적이라고도 느껴지는 사고방식에 이르게 되나 보다.

학교에 스며들지 못했던 내가 《희대》라는 말을 알았다면 어땠을까?

아마 조금은 마음이 편해지지 않았을까.

《희대》란 지금 고민하는 사람의 고민을 진통제처럼 바로 없애주지는 않는다. 그러나 고민하는 사람을 존중하고 "지금은 고민해도 괜찮다" 하면서 곁에 머물러주는 듯한 말이다.

나도 경험했기 때문에 잘 안다. 고민은 강제로 해결하려고 애

써도 해결되지 않는다. 오히려 고민하고 있다는 사실 자체를 인정받기만 해도 마음이 편해지는 경우가 많다.

그저 믿으며 곁에 머물러주는 말이 존재한다는 것을 많은 사람이 알았으면 좋겠다.

> 참고: 이 화에서 소개한 말은 히라카와 병원 '조형 교실' 편찬 《추억~오카노우에 병원~追憶~丘の上病院~》(2011)에 게재된 네모토 이사오 씨의 글 〈오카노우에 병원이라는 존재丘の上病院という存在〉에서 인용했습니다.

마이너스 감정을
처리하는 비용

'사회 문제'로 다뤄졌어야 할 '개인 문제'를 떠안고

자존감을 대가로 치르는 이들은 대체로 약자의 입장에 놓여 있다.

'육아'나 '돌봄'처럼 소위 '가정'에 속하는 영역과 관련해

이 사회는 얼마나 여성의 자존감을 깎아내리고 있는가.

이런 사회, 애초에 자존감을 깎으면서까지 지탱할 가치가 있을까?

'호카쓰保活'는 고되었다.

호카쓰란 '아이를 어린이집에 들여보내기 위한 활동'을 말한다. 최근 어린이집 입소 대기 문제가 큰 관심을 모으고 있어서 이 말을 들어본 사람이 적지 않을 것이다.

아무튼 이 호카쓰는 정말 큰일인데, 어째서 큰일인지 그 사정을 설명한다면 아마 《카라마조프가의 형제들》 정도의 분량이 나올 것이다. 하지만 호카쓰가 진정 힘든 이유는 '그만큼 온갖 말로 설명해도 이해할 마음이 없는 사람에게는 조금도 이해받지 못한다'는 데 있다.

그래도 글로 쓰는 것이 내 일이니 눈물을 삼키며 잠깐 설명해보겠다(이제부터 나오는 내용은 우리 부부가 '호카쓰'를 했던 2011년부터 2013년경의 일들을 바탕으로 쓰였습니다).

아들이 태어났을 무렵 우리 부부가 살았던 지역은 전국 유수의 호카쓰 격전지였다. 우리는 호카쓰 중에 몇 번이고 좌절할 뻔했다. 힘든 점이 여럿 있었지만 그중에서도 '분열되는 일'이 가장 괴로웠다.

평소 어린이집이나 보육 행정을 접할 일이 없는 분들을 위해 잠시 설명하겠다.

인가認可 어린이집→ 입소 여부는 기본적으로 포인트 제도에 의해 결정된다. '보호자가 보육을 필요로 하는 정도'를 점수로 나타내, 점수가 높은 가정의 아이부터 입소하는 시스템이다.

입소 신청 서류는 "포기하라는 건가?"라는

→
일본의 영유아 보육 시설 중 국가가 정한 일정 기준을 충족하는 시설. 국가 보조금을 받으므로 보육료도 저렴하다.

말이 절로 나올 정도로 준비하기 까다롭다. 게다가 기본적으로 '직장인'(정규직 회사원)을 염두에 둔 양식이어서 프리랜서가 작성하기는 몹시 어렵다.

당시 장학금을 받아 생활과 연구를 하고 있던 내가 바로 그 프리랜서였다. 일단 필요한 서류를 갖추기라도 하려면 관공서며 장학금 지급 단체에 몇 번이나 확인 전화를 하고 창구까지 직접 찾아가야 했다. 이때 들인 노력을 모두 합치면 아마 논문 한 편은 쓸 수 있을 것이다. 그리고 그만큼 고생한 끝에 배운 것은 '행정은 프리랜서에게 냉정하다'는 엄연한 현실이었다.

필사적으로 겨우 갖춘 서류가 제출한 사람의 땀과 눈물은 털 끝만큼도 고려해주지 않는 관공서의 계산식에 끼워 맞춰져 포인트로 환산된다. 산출된 포인트가 낮으면 아이는 어린이집에 들어갈 수 없고, 그러면 일을 못 하고 생활을 못 하게 된다.

따라서 한 치의 과장도 없이, 이 서류 작성은 사활이 걸린 문제다. 머릿속에 포인트 생각만 가득 찬다. 어린이집을 견학할 때나 설명회에 갔을 때 다른 부모와 인사를 나눠도 '이 사람들은 몇 포인트일까?'라는 기분 나쁜 잡념만이 머릿속에 떠오른다. 원래대로라면 같은 나이의 아이를 두었으니 자연히 서로 가까워질 법한 사이인데, 막연히 경쟁을 강요당하는 느낌이 항상 따라다닌다.

그러한 호카쓰를 한 끝에, 보람차게 어린이집에 들어가는 사람과 안타깝게도 들어가지 못하는 사람으로 나뉜다. 우리도 탈락을 경험하고 1년 뒤에 드디어 인가 어린이집에 들어갈 수 있었다.

입소 허가 통지서를 받았던 날에 나는 아이를 맡길 수 있다, 즉 일을 계속할 수 있다는 안도감과 호카쓰가 끝났다는 해방감이 벅차올라 묘하게 들뜬 기분으로 주먹을 불끈 쥐며 승리를 기뻐했다.

그리고 그날 밤, 극심한 우울에 빠졌다.

아이를 둔 부모를 이렇게까지 피폐하게 만드는 보육 행정이란 대체 무엇일까…….

그저 아이를 키우면서 일하고 싶을(일하면서 아이를 키우고 싶을) 뿐인데…….

아니, 애당초 우리는 일을 못 하면 생활할 수가 없는걸…….

원래대로라면 이렇게 분노해야 했건만, 머릿속으로는 그렇게 생각하면서도 끝이 좋으면 다 좋다는 식으로 들떴던 스스로가 한심했다.

이런 기분이 '난처한 부모들'을 점점 더 분열되게 만드는데도…….

다양성이란 무엇일까?

말할 필요도 없는 사실이지만 육아의 어려움을 겪는 정도는 성별에 따라 다르다. 요즘은 맞벌이라서 육아를 분담하는 커플이 많다 해도 역시 차이는 있다.

나는 때때로 다양한 장소에서 "일과 육아를 병행하기 힘들다"라고 말한다. 내가 실제로 느낀 대로, 얼굴과 이름을 밝히고 이야기할 수 있는 입장이다.

그런데 같은 말을 '어머니' 입장에 있는 사람이 하면 어떻게 될까. 분명 나보다 차가운 시선을 받을 것이다.

남성은 "일과 육아를 병행하기 힘들다"고 불평을 늘어놓아도 "그럼 일을 그만두지?" 같은 말을 듣는 일이 거의 없다(물론 직장의 이해도나 분위기 등에 따라 다르겠지만). 나 역시 그런 말을 면전에서 들은 적이 없다. 대개 "아내분은 뭐 하세요?"라는 질문이 돌아온다.

하지만 여성이 그런 불평을 늘어놓으면,

"일을 그만두지?"

"그렇게까지 일할 필요가 있나?"

"일, 일 타령하면 아이가 불쌍하지 않아?"

"생활비 때문에 일하는 거야? 아니면 자아실현 하려고?"

"낳은 것도 일하는 것도 스스로 원해서 한 일이잖아"

같은 말들이 돌아온다. 말하는 쪽은 아무 생각 없이 던진 말이라 하더라도 이런 말들은 사실 살상력이 꽤 높다.

일하는 사람들의 사정은 저마다 다르다. 하고 싶어서 하는 사람도 있고, 하지 않을 수 없는 사람도 있고, 양쪽 다인 사람도 있다. 물론 아이를 갖는 일에 대해서도 낳는다, 낳지 않는다, 낳을 수 없다, 지금은 낳지 않는다 등 각자 다른 사정이 있다.

여러 사정이 맞물려 있기 때문에 "일과 육아, 어느 쪽이 더 중요한가?"라는 질문의 답은 하나로 단정할 수 없다. 세상의 어떤 가치들은 그 무게를 비교할 수 없기 때문에 많은 사람이 '딱 잘라 정할 수 없는 사정' 속에서 '딱 잘라 정하질 못하겠네……'라고 고민하면서 오늘 하루를 꾸려 나가고 있는 것이다.

최근에 '다이버시티diversity 사회'라는 문구가 자주 눈에 띈다. '다양성을 존중하는 사회'를 뜻하겠지만, 애초에 '다양성을 존중한다'는 것이란 무엇일까.

내 나름대로 표현해보면, '안이하게 각자의 사정을 침범하지 않으면서, 각자의 사정을 헤아리는 일' 정도로 정의할 수 있을 것 같다.

현재 행정이 다양한 사회를 목표로 하자며 앞장서고 있음에도, 한쪽에서 여성은 "일과 육아 중에 어느 쪽을 택할래?(어머니로서의 자각이 있다면 육아를 택하겠지만 말이야)"라는 압력을 받고 있다. '여성의 사회 참여가 늘어났다'고 하지만 여성이 소위 '어머니다움'을 시험당하거나 일과 육아 중 양자택일을 해야 하는 상황에 갇혀 이러지도 저러지도 못하는 경우는 여전히 어마어마하게 많은 것이다.

호카쓰 중에 알게 된 어느 여성은 무척 걱정하고 있었다. 내 또래인 그 여성은 곧 육아 휴직이 끝나는데 어린이집 입소 일정을 잡지 못했다고 했다. 그는 출산 휴가를 받는 타이밍에도 굉장히 신경을 썼는데, 이어서 육아 휴직을 받았다가는 직장에서 골칫거리 취급을 받을 게 뻔했기 때문이다.

자신이 일하지 않아도 괜찮을 만큼 가계가 여유롭지 않았으므로 일을 그만둔다는 선택지는 없었다. 멀리 떨어진 어린이집을 택하면 입소 경쟁률은 낮아지겠지만 '생활의 부담'이 급격하게 커지기 때문에 현실적이지 않았다.

아이돌보미를 고용한다는 선택지가 있긴 하지만 월급에 맞먹는 비용이 든다. 어찌할 바를 몰라 구청에 가도 담당자 역시 안타깝다는 얼굴을 할 뿐이다. 복직해야 할 날이 코앞에 닥쳤다. 어떻게 하지…… 어떻게 해야 좋을까…….

나는 그 사람의 푸념을 잊을 수가 없다.

"아이를 낳은 건 폐를 끼치는 일이었을까요? 굉장히 큰 잘못을 저지른 걸까요?"

이 말을 들었을 때 도저히 정리되지 않는 감정(분노 혹은 가슴이 미어지는 느낌 같은 것이었다)이 내 안에서 북받쳐 올랐지만, 말한 당사자는 분명히 그 이상의 감정을 끌어안고 있었을 것이다.

이런 감정은 누구에게 터뜨려야 좋을까. 터뜨릴 상대가 너무 많기도 하고 너무 큰 것 같기도 하다.

수신자를 특정할 수 없는 마이너스 감정은 결국 개인이 자기 내면에서 처리할 수밖에 없다. 그 처리 비용으로 거액의 자존감이 지불된다. '사회와 싸우기', '사회에 맞서기'가 어려운 이유는 이런 점 때문이다.

그리고 '사회 문제'로 다뤄졌어야 할 '개인 문제'를 떠안고 자존감을 대가로 치르는 이들은 대체로 약자의 입장에 놓여 있다. '육아'나 '돌봄'처럼 소위 '가정'에 속하는 영역과 관련해 이 사회는 얼마나 여성의 자존감을 깎아내리고 있는가.

이런 사회, 애초에 자존감을 깎으면서까지 지탱할 가치가 있을까?

사회란 그다지도 대단한가? 이렇게 정색하며 목소리를 높인 사람들이 있다.

말에 구원받는다는 것

'여성의 고통'에 언어를 부여한 사람

이 세상이 아무리 비참하더라도, 그렇다고 해서 이 내가 비참해도 좋을 리는 없다고 생각해.

이렇게 말한 사람은 다나카 미쓰 씨. 내가 존경하는 운동가 중 한 명이다.

1960~70년대에 세계적으로 Women's Liberation Movement 라고 불리는 사회 운동이 활발히 일어났다. '성차별 철폐와 여성 억압으로부터의 해방을 요구하는 여성 운동'(《이와나미 여성학 사전岩波女性学辞典》)으로 일본에서는 일본식 조어인 '우먼·리브'(이하 리브로 표기)로 칭하는 경우가 많다.

다나카 씨는 일본의 리브에서 커다란 존재감을 내뿜었던 사람이다. 이 사람 덕분에 일본의 리브는 무미건조한 사회 운동이 아니라 매력적인 운동이 되었다고까지 평가받는다.

다나카 씨의 저서 《생명의 여자들에게: 엉망인 여성해방론いのちの女たちへ―とり乱しウーマン・リブ論》(다바타쇼텐田畑書店, 1972)↘은 지금도 낡지 않은 명저다. 풍양하다↓는 형용어가 그야말로 잘 어울리는 책으로, 아무리 정성껏 소개해도 이 책을 완벽하게 설명할 수 없을 테지만 그래도 시도해보려고 한다.

↘
2019년에 '두번째테제'에서 한국어판(조승미 옮김)이 출간되었다.

↓
풍년이 들어 곡식이 잘 여물었다는 뜻.

리브가 탄생한 70년대는 남성의 가치관이 사회 질서 그 자체였던 시대였다. 《생명의 여자들에게》는 '사회=남자'인 세상에서 배제되고 분열된 여성들의 고통을 서술한다.

여성의 행복은 좋은 남성에게 선택받는 것. 다행히 남성에게 인정받은 여성은 밝게 빛나고, 인정받지 못한 여성은 음지로 쫓겨난다. 전자는 후자를 동정하고 후자는 전자를 질투하여, 여성들 사이에 깊은 균열이 생겨난다.

하지만 남성이 가치를 부여하지 않으면 여성이 빛날 수 없다니 이상한 소리다. 남성에게 인정받아 가치를 얻었다 한들 그 여성이 진정한 의미에서 자신의 인생을 살고 있다고 할 수 있을까.

남성에게 인정받지 못했다는 이유로 음지로 쫓겨나는 것도, 남성에게 인정받아야만 사회에서 자신의 자리를 얻을 수 있는 것도, 여성이 괴롭다는 점에서는 똑같지 않은가.

남성의 가치관에 따라 난도질당하고 분열되어 괴로워하는 여성들과 만나고 싶다. '여성은 이래야 한다'라는 가치관을 깨고, 나 자신도 그런 가치관에서 풀려나고 싶다.

지금 괴로움을 겪고 있는 여성들을 향해 "여기 여기 붙어라!" 하고 외친 사람이 다나카 씨였다.

당시에는 '여성의 가치는 남성이 부여하는 것'이라는 생각이 당연했다. 그래서 "고통스럽다"고 하면 '고통스럽다고 느끼는 사람이 이상하다'고 여겨졌다. 리브라는 운동 자체가 "인기 없는 여자의 히스테리"라는 야유를 받았다.

그런 시대에 다나카 씨는 "여성이 고통스러운 이유는 이것이다!"라고 선언했다. 많은 사람이 느꼈지만 누구도 말로 표현하지 못했던 고통이 《생명의 여자들에게》 속에 절실한 문장으로 표현되어 있다.

말에 구원받는다는 것

앞에서 인용한 말은 다나카 미쓰라는 한 개인의 경험으로부터 태어난 것이다. 그러므로 «이 내가»도 다나카 미쓰 씨를 말한다.

하지만 자신의 고통을 끝까지 파고든 곳에서 터져나온 그 말은 시대와 장소를 초월해 누군가의 고통과 함께한다.

지금 절절한 고통의 시간을 이 악물고 견뎌내고 있는 사람이라면 «이 내가»에 자신을 대입할 수 있다. 다나카 씨의 말에는 '지금 고통스러운 사람'에게 스며드는 신기한 침투력이 있다.

만일 이 사회에서 여성이 비참함을 견디고 있다면 사회 자체가 비참하다는 뜻이다. 그런 비참함에 괴로워하는 사람은 자신을 비참하게 만드는 사회란 어떤 것인지 되물어도 괜찮다.

고통스러운 시간을 보내는 사람들을 갈라 나누고 몰아세우고 입 다물게 하는 사회는 누구에게나 '살기 힘든' 사회임에 틀림없다. 그런 사회가 '살기 편하다'면 그런 '살기 편함'을 느낄 수 있는 것이야말로 도리어 비참한 일이다.

리브라는 운동은 달리 표현하자면 '마모된 자존감을 꼭 껴안고 이제 더는 「나」를 잃고 싶지 않다고 외치는 일'인지도 모른다.

자신의 외침이 누군가의 분노가 되거나 누군가의 외침이 나의 분노가 된다면 거기서 이미 '리브다운 것'이 싹트고 있는 것이리라. 2010년대 후반에 일어난 '#MeToo' 운동을 보며 나는 '리브다운 것'을 절절히 느꼈다.

'외침'은 신기하다. 실제로는 한 명 한 명이 목소리를 내는 것이다. 하지만 사람은 혼자서는 외칠 수 없다. 한 명이 하지만 혼자서는 할 수 없다. 그러한 '외침'이 세상을 바꾸는 것이리라.

그런데 이런 이야기를 하면 "뭐든지 다 '세상이 나빠서'라고 책임 전가 하는 사람은 괘씸하죠" 같은 반응이 돌아오기도 한다.

그렇게 반응하는 사람에게 기를 쓰고 반론할 생각은 없다. '이런 반응도 나오겠지' 정도로 생각한다.

다만 나는 묻고 싶다.

다나카 미쓰 씨의 말과 "뭐든지 다 책임 전가한다"라는 말. 둘을 나란히 두고 보았을 때 자신이 살아가기 위해 필요한 말은 어느 쪽일까.

한 발 더 나아가 말해보겠다.

자신이 어쩔 수 없이 힘든 일을 겪게 되었을 때 '내가 나를 죽이지 않기 위해 필요한 말'은 어느 쪽일까.

참고:《생명의 여자들에게: 엉망인 여성해방론》은 주식회사 판도라株式会社パンドラ에서 개정판이 발행되었습니다(판매는 겐다이쇼칸現代書館이 맡고 있습니다). 이번에 소개한 말은 1973년 7월 10일 발행《리브 뉴스 외길을 걷다リブニュース この道ひとすじ》No.2(리브신주쿠센터 자료보존회 편찬《리브신주쿠센터 자료 집성リブ新宿センター資料集成》, 임팩트출판회インパクト出版会, 2008)에서 인용했습니다.

말에 구원받는다는 것

'지역'에서 살고 싶다는 뜻이 아니야

만약 생활 습관이나 가치관이 완전히 다른 사람이 느닷없이

"당신 이웃에서 살고 싶다"고 한다면 나는 아마 '흠칫'할 것이다.

그 '흠칫'하는 감각은 무엇인가?

'흠칫'해버리는 나는 무엇인가?

나를 '흠칫'하게 만드는 것은 무엇인가?

'지역의 정을 회복하다'

'지역의 활력을 되살리다'

'학교에서 지역의 역사를 배우다'

'방범에서 중요한 것은 지역의 눈'

거의 매일이라고 해도 좋을 만큼 '지역'이라는 말과 자주 마주치는 듯하다. 특히 마주칠 확률이 높은 곳은 구청이나 학교(즉 행정 영역)와 관련된 서류다. '행정 서류에 자주 나오는 단어 순위'를 꼽는다면 분명히 상위 3위 안에 들지 않을까.

하지만 이 말, 지나칠 만큼 빈번하게 쓰인 나머지 최근에는 의미의 윤곽이 희미해졌다. 관공서 서류에 즐겨 사용된다는 것은 '적당히 쓰기 편한 말'임을 의미하며, 그 이면에는 꿍꿍이가 숨겨진 경우가 많다.

평소 쓰는 사전에서 '지역'을 찾아보면 '구획이 지어진 토지의 구역. 일정한 범위의 토지'라는 뜻이 나온다. '일정한 범위의 토지'라고 하지만 우리는 아무도 살지 않는 토지를 구태여 '지역'이라고 부르지 않는다. 사람들이 어느 정도 생활하고, 가게나 학교가 있고, 공원에서 아이들이 놀고 버스가 달리는 토지를 '지역'이라고 부른다.

냉정하게 생각해보면 '지역이라는 이름의 지역'은 존재하지 않는다. '지역'이라고 불리는 '일정한 범위의 토지'도 구체적인 어딘가에 자리한 주택지나 상점가일 것이다. 하지만 '지역'이라고 하면 왠지 '지역이라는 이름의 지역'이 세상 어딘가에 존재할 것 같은 착각이 든다.

나 역시 이 말의 의미를 깊이 생각해보지 않은 채 특별한 위화감 없이 사용해왔다. 하지만 누군가가 그래서는 안 된다고 가르쳐주었다.

바로 뇌성마비인 요코타 히로시 씨(1933~2013)다.

전설의 운동가와 푸른잔디회

요코타 씨는 '일본뇌성마비인협회 푸른잔디회 가나가와현연합회'(이하 '푸른잔디회'로 표기)라는 단체에 소속된 장애인 활동가다. 이 모임의 정신적 지주와 같은 전설적인 운동가다.

푸른잔디회는 뇌성마비 장애인 당사자 단체로 1957년에 결성되었다. 당시에는 많은 장애인이 집 안에 갇히다시피 하며 살았다. 장애인의 존재 자체를 '집안의 수치'로 여기는 집이 많았기에 이웃과 사귀기는커녕 가족의 관혼상제에 참석조차 허락받지 못하는 일이 흔했다.

사회로부터 경시당하고 때로는 처치 곤란한 식구 취급을 받으며, 스스럼 없는 친구를 사귀지도 못한 채 고독하게 살 수밖에 없었던 장애인들. 그런 사람들이 같은 처지의 동료들과 유대 관계를 맺고 서로 힘을 북돋고자 결성한 모임이 푸른잔디회였다.

'푸른잔디회'라는 이름에는 밟히고 밟혀도 잔디처럼 힘차게 살아가자는 바람이 담겨 있다.

결성 당시의 푸른잔디회는 친목과 상조가 목적이었고 레크리에이션 등이 주 활동이었다. 다시 말해 온건한 단체였지만, 이

후 일본 장애인 운동의 흐름을 바꾼 단체로 일컬어지는 수준까지 변모했다.

그들이 일약 유명해진 시기는 1970년대였다. 특히 요코타 히로시 씨가 소속되었던 가나가와현연합회가 등장해 그때까지의 활동과는 명백히 성질이 다른 운동을 시작했다. 세간의 장애인 차별 그리고 장애인을 차별하는 가치관에 정면으로 항의하고 규탄하는 목소리를 높였던 것이다.

푸른잔디회 출범 이전에도 장애인 운동은 존재했지만 그 운동들은 대개 세상을 향해 "불운한 장애인이 얼마나 고생하는지 알아주세요"라고 호소하는 성격을 지니고 있었고, 활동 주체도 장애인 본인보다는 장애인의 부모들이나 의료·복지·교육 전문가들이었다.

하지만 푸른잔디회는 달랐다. 간단히 말하면 그들은 장애인의 고생을 알아주기를 바라는 대신, 세상의 장애인 차별과 맞서 싸웠다.

장애인들은 거리로 나가 유인물을 돌리고 마이크를 쥐고 연설했다. 휠체어를 타고 관공서에 들이닥쳐 책임자를 끌어내 교섭 자리를 만들게 했다. 장애인 학생을 배제하는 학교나 장애인을 차별하는 기업·관공서가 있으면 직접 가서 농성하는 식으로 실력 행사를 하기도 했다.

푸른잔디회에 전설처럼 전해져오는 항의 행동이 있다. 휠체어 이용자의 승차를 거부한 버스 회사에 항의하기 위해 많은 장애인이 버스에 함께 타서 운행을 중지시킨 일(가와사키 버스 투쟁), 양호학교↘↘는 장애아를 일반 학교에서 배제하는 결과로 이어진다고 비판하며 문부과학성과 교섭한 일(양호학교 의무화 저지 투쟁) 등이다.

최근에 구 우생보호법(1948~1996)을 근거로 이루어진 장애인 강제 불임 수술이 화제가 되었는데,[1] 사실 이전부터 줄곧 실태 해명과 피해자들에 대한 사죄·보상이 요구되어왔다.

이 법률 문제를 일찍이 고발한 것도 푸른잔디회였다. 그들은 제1조 '우생상 불량한 자손의 출생을 방지한다'는 문구에 대해 "「불량한 자손」은 누구를 말하는 것인가!", "이 법률 자체가 장애인 차별이다!"라고 외쳤다.

푸른잔디회의 주장은 대단히 획기적이었다. 너무나 획기적인 나머지 많은 사람에게 '과격 단체'로 받아들여졌다.

예를 들어 "장애인은 부모와 함께 살거나 전문가가 있는 시설에 들어가는 편이 행복하다"는 의견에 "동네에서 평범하게 살게 내버려둬!"라고 반대했고, "장애를 조금이라도 가볍게 하는 편이 좋다"는 가치관에 대해서는 "'안 되는 채'로 살면 안 되는 건가!"라고 반론했다.

그들의 주장에는 기존의 '장애인 이미지'를 근본적으로 뒤집

↘↘
일본에서 시각·청각 장애 외의 장애가 있는 아동을 위한 학교를 가리킨다. 1979년, 장애아의 양호학교 입학이 의무화되었다. 모든 장애아에게 교육의 기회를 준다는 점에서 의미가 있었으나 일반 학교에서 장애아를 배제하는 결과를 낳기도 했다. 2002년부터 특별한 사정이 있는 경우에 한해 일반 초·중학교 취학이 가능해졌다.

---

1) 구 우생보호법은 1996년에 '모체보호법'으로 개정되었다. 구법에서는 법의 목적에 《우생상 불량한 자손의 출생을 방지한다(후략)》고 실려 있으며, 이 규정이 장애인 차별에 해당한다고 오랫동안 비판받아왔다. 실제로 이 법률에 근거해 많은 장애인이 강제로 불임 수술을 받았다. 2018년부터 2019년에 걸쳐 수술 피해자들이 실태 해명과 사죄·보상을 요구하며 국가를 상대로 소송을 벌였다.

어엎는 힘과 주장을 받아들이는 사람의 머릿속이 새하얘질 만큼 강한 타격력이 있었다.

그래서일까. 푸른잔디회에 대한 평가는 장애인 단체 내에서도 엇갈린다. 명쾌한 주장에 공명하여 해방감을 느낀 사람도 있었지만 "지나치다"고 비판한 사람도 적지 않았다.

복지나 교육 전문가 중에도 이 모임에 진저리를 치는 사람이 많았다. 양호학교 교사 중에는 졸업하는 학생들에게 "사회에서 아무리 힘든 일을 겪어도 푸른잔디회에만은 가까이 가지 말라"고 당부한 교사까지 있었다고 한다.

장애인은 '이웃'에서 살고 싶다

복지 업계가 '시설에서 지역으로'라는 슬로건을 외친 지 오래이다. 이전에는 장애인이 교외의 대규모 시설이나 본가에 (부모와 함께) 거주하는 경우가 많았지만, 최근에는 그룹홈에서 살거나 방문 돌봄 서비스 등을 이용하며 생활할 수 있도록 돕는 지역 이행 정책이 진행되고 있다.

'장애인도 「지역」에서 생활한다'는 발상 역시 거슬러 올라가면 실은 푸른잔디회에 이르게 된다. 이들은 본가나 시설에서 뛰쳐나와 주변의 반대와 세상의 경시에 굴하지 않고 자력으로 돌봄 자원 활동가를 모은 뒤 주택가의 공동 주택에서 살기 시작했다.

요코타 히로시 씨도 본가를 나와 결혼한 후 고향인 요코하마에서 아이를 키우며 생활했다. 그의 대담집에 다음과 같은 이야기가 실려 있다.

> 우리 집은 이웃, 지금의 복지 용어로 말하면 '지역'(저는 이 말을 싫어합니다. 뻔한 빈말이라서요) 사람들과 자주 교류했습니다. 공방의 주인이었던 어머니가 남 챙기기를 좋아해서 사람들이 꽤 많이 드나들었던 건 확실합니다.
>
> 《부정당하는 목숨으로부터의 물음─뇌성마비인으로 살아가며
> 否定されるいのちからの問い─脳性マヒ者として生きて》, 젠다이쇼칸, 2004.

나는 이 문장을 읽고 생전의 요코타 씨에게 "'지역'이라는 말이 그렇게 나쁜가요?"라고 물은 적이 있다. 그때 그는 다음과 같이 간단히 답했다.

> '지역'이 아니야. '이웃'이지.

당시 '지역'이라는 말을 의심해본 적 없던 나는 이 말에 머리를 쿵 얻어맞은 듯한 느낌이 들었다.

푸른잔디회의 운동가들이 거리로 뛰쳐나갔던 70년대는 길에서 휠체어를 마주치는 일 자체가 드문 시대였다. 동네에서 생활하려는 장애인을 향한 공격 역시 지금보다 훨씬 거셌다.

당시와 비교하면 장애인의 지역 생활에는 진전이 있다고 생각한다. '장애인도 지역에서 생활한다'는 슬로건에 반대하는 의견도 (직접적으로는) 별로 들리지 않는다.

말에 구원받는다는 것

그러면 세상 전체가 장애인의 지역 생활을 자연스럽게 받아들이고 있을까. 안타깝게도 그렇다고는 할 수 없다. 가령 '지역'이라는 말을 '이웃'으로 바꾸어보자.

"'지역 생활'에는 찬성하지만 그래도 우리 '이웃'은 좀……" 같은 반응이 역시 나올 것이다.

'지역'이라는 말은 쓰기에 따라 꽤 위험하다. 예를 들어 "이 시설은 여름 축제와 크리스마스 때 지역 주민들과 교류하고 있기 때문에 지역과 공생 관계를 꾸려가고 있다"고 해도 말이 안 되지는 않는다. 하지만 여름 축제와 크리스마스 때만 교류한다면 그것은 '분리 병존'일 뿐이다.

만약 그룹홈이 동네 안에 자리해 있다면 이곳 장애인은 '지역 생활'을 누리고 있다고 볼 수 있을까. 반드시 그렇지는 않다. 입소자 관리가 엄격해 자유롭게 외출할 수 없거나 입소자가 복지 관계자 이외의 사람과 사귈 기회가 없다면 그 그룹홈의 생활 역시 '지역 생활'이 아니다.

요코타 씨와 동료들은 약 반세기 전부터 "지역에서 살게 해 달라"고 호소해왔다. 그들이 말하고 쓴 '지역'은 분명히 '이웃'을 의미했다. 장애인도 당신의 '이웃'에서 살고 싶다는 뜻이다. 당신의 '이웃'에서 당신이 생활하듯이 살고 싶다고 호소해왔다.

'이웃'이라는 말에는 생생한 생활의 실감이 있다. '지역'에는 그 생생함이 없다. 적당히 생생함이 없으니 행정 문서에도 사용하기 쉬우리라. 하지만 요코타 씨와 동료들이 요구한 것은 '서류에 쓰기 편한 지역' 따위가 아니었다.

요코타 씨의 눈에는 '지역'이라는 말의 벽이 제법 낮아진 것처럼 보였는지도 모른다. 이 벽을 낮춰버리면 '지역'이라는 말이 '실제로는 분리 병존이면서 마치 공생하고 있는 듯한 인상을 주는 마법의 주문'이 되기 쉽다.

요코타 씨의 《뻔한 빈말》이라는 표현은 그 지점을 꿰뚫어본 감각에서 나온 것이지 않을까. 요코타 씨는 시인이기도 했기에 언어에 대단히 민감했다.

공생을 가로막는 벽은 바로 곁에 있다

자신의 '이웃'을 지키려 할 때 사람은 놀라울 만큼 보수적 또는 공격적인 태도를 취한다. 장애인 운동의 역사를 조사하다 보면 그런 느낌이 자주 든다. 장애인이 동네에서 생활하는 것. 우리 동네에 자리한 학교(일반 학교)에 다니는 것. 그에 반대하는 사람 중 다수는 어디에나 있는 보통 사람들이었다.

사람을 소외시키는 것은 '악의'만이 아니다. "무슨 일이 있으면 큰일이니까요", "힘든 건 여러분이지 않습니까" 같은 '선의'가 사람을 소외시키기도 한다. 요코타 씨와 동료들은 '선의의 얼굴을 한 차별'을 날카롭게 고발해왔다.

이런 글을 쓰는 나에게도 그러한 보수성이나 공격성이 분명 있다. 아이를 키우다 보면 '이웃'에서 일어나는 변화에 과민해지는 스스로를 발견한다. 그런 과민함이 어딘가에서 누군가에게 상처를 주고 있지는 않을까?

나는 내 아들이 '이런저런 사정이 있는 사람들'과 함께 살아가기를 바란다. 왜냐하면 내 아들도 '이런저런 사정이 있는 한 사람'이기 때문이다. 아들이 배제되지 않기 위해서, 아들도 배제하지 않기를 바란다.

그러나 만약 생활 습관이나 가치관이 완전히 다른 사람이 느닷없이 "당신 이웃에서 살고 싶다"고 한다면 나는 아마 '흠칫'할 것이다.

그 '흠칫'하는 감각은 무엇인가?

'흠칫'해버리는 나는 무엇인가?

나를 '흠칫'하게 만드는 것은 무엇인가?

그것이 무엇인지는 스스로 생각하는 수밖에 없다.

요코타 히로시 씨로부터 '자기 자신을 바라보는 일'의 중요함을 배웠다. 뛰어넘어야 할 벽을 헷갈리지 않기 위해서는 '냉철하게 자신을 바라보는 일(자기 응시)'이 필요한 것이다.

공생 사회로의 길을 가로막는 벽은 어딘가 먼 곳에 있지 않다. 그 벽이야말로 우리의 '이웃'에 있다.

> 참고: 요코타 히로시 씨에 대해 알고 싶은 분은 요코타 히로시 저, 《장애인을 죽이는 사상障害者殺しの思想》(겐다이쇼칸, 2015)을 꼭 읽어보시기 바랍니다. 자기 내면의 '장애인상'이 근저부터 흔들리는 경험을 하게 될 것입니다. 그리고 제가 쓴 평전 《차별받고 있다는 자각은 있는가: 요코타 히로시와 푸른잔디회의 「행동 강령」差別されてる自覚はあるか: 横田弘と青い芝の会「行動綱領」》(겐다이쇼칸, 2017)도 함께 읽어주시면 좋겠습니다.

장애인 시설 살상 사건이
망가뜨린 것

한 치의 과장도 없이,

우리는 시대의 갈림길에 서 있다고 생각합니다.

'누군가'를 망설임 없이 증오하는 사회는

'나' 또한 망설이지 않고 증오할 것입니다.

그런 사회가 싫다면 지금 '침묵한다'는 선택지는 없습니다.

2016년 7월 26일, 가나가와현 사가미하라시의 장애인 시설 '쓰쿠이 야마유리엔津久井やまゆり園'에서 처참한 살상 사건이 일어났습니다(이 글에서는 이 사건을 '사가미하라 사건'으로 표기합니다).

이 사건에 대한 제 생각의 일부를 적기에 앞서 귀중한 생명을 빼앗긴 분들을 애도하고, 몸과 마음에 깊은 상처를 입은 분들 그리고 소중한 사람과의 이별을 부조리한 방식으로 강요당한 분들께 진심 어린 위로의 말씀을 드립니다.

저는 이 시설과 개인적인 연이 없고 범인과도 특별한 관계가 없습니다. 그러나 이 사건은 우리가 살아가는 사회가 지녀야 할 모습과 사회가 사회로서 성립하기 위해 필요한 요소들을 되돌릴 수 없을 만큼 손상시켰다고 생각합니다.

사건 후 1년이 지났을 무렵일까요. 이 사건에 관심을 쏟아온 사람들의 입에서 '풍화'를 우려하는 말이 나오기 시작했습니다. 이 '풍화'에 맞서기 위해 나는 무엇을 할 수 있을까. 앞으로도 계속 우직하게 생각하고 싶습니다.

사건 직후, 어떤 분과 이야기를 나눌 기회가 있었습니다. 오랫동안 가나가와현에서 뇌성마비 당사자 운동에 힘써온 시부야 하루미 씨입니다.

시부야 씨는 이런 기분이라고 말했습니다.

요즘 들어 '언젠가 장애인이 무차별 살인의 피해자가 되지 않을까' 하는 예감이 들었다. 하지만 내가 떠올린 것은 길거리 무차별 흉기 난동 같은 사

지적 장애인 복지 시설 '쓰쿠이 야마유리엔'에 전 직원 우에마쓰 사토시가 침입해 장애인 19명을 살해하고 장애인 및 직원 26명에게 부상을 입힌 사건.

특정한 사람들의 존재를 배척하는 증오 감정을 노골적으로 드러내는 행동에 대한 우리 사회의 저항감은 엷어지고 말았습니다. 사건 전부터 계속 사회 문제로 여겨졌던 기초생활수급자에 대한 비난이나 헤이트 스피치↘ 등도 그렇습니다.

이렇게 드러난 증오는 장애인에게도 향합니다. 장애인이 거리에서 신변의 위험을 느끼게 하는 분위기는 사건 전에도 존재했습니다. 그리고 지금 그 분위기에 확실히 음울한 무게가 더해지고 있습니다.

이런 상황을 보고도 못 본 척하며 넘길 것인가.

다음 세대가 이어받지 못하도록 지금 여기서 맞설 것인가.

한 치의 과장도 없이, 우리는 시대의 갈림길에 서 있다고 생각합니다.

'누군가'를 망설임 없이 증오하는 사회는 '나' 또한 망설이지 않고 증오할 것입니다.

그런 사회가 싫다면 지금 '침묵한다'는 선택지는 없습니다.

이 사건은 '누구'의 문제인가

사가미하라 사건에 관해 저는 답답한 마음을 안고 있습니다.

기본적으로 이 사건은 '우리가 살아가는 사

↘ 혐오 발언. 일본 법무성에 따르면 특정 국가 출신 또는 그 자손이라는 이유만으로 일본 사회에서 배척하거나 위해를 가하려는 언동을 일반적으로 헤이트 스피치라고 일컫는다.

회가 지녀야 할 모습'에 대해 질문을 던지고 있습니다. 사회 전체가 생각해야만 하는 질문이 산더미처럼 있습니다.

왜 희생자는 시설에서 살고 있었는지.

왜 희생자의 이름이 공표되지 않았는지.

왜 범인의 주장에 동조하는 말들이 소셜 미디어에 넘쳐났는지.

모두 우리가 사는 이 사회에서 일어난 일이고, 우리와 관계된 문제입니다.

큰 논란을 불러일으킨 시설 재건 문제(동일 수준의 시설을 현지에 다시 마련할 것인지 소규모 시설을 여러 채 만들어 '지역 생활'을 촉진할 것인지)도 사회의 지향점 자체에 질문을 던지고 있습니다.

우리는 중증 장애인들과 어떻게 살아가고자 하는가. 어떻게 하면 함께 살아갈 수 있는가. 그 답은 이 사회를 구성하는 우리 한 사람 한 사람이 고민해야 합니다.

그럼에도 불구하고 이 사건은 '어느 먼 곳에서 일어난 일', '복지 전문가가 생각해야 할 문제'로 여겨지는 구석이 있습니다.

'장애 유무로 사람을 가르지 않고 함께 살 수 있는 사회란 무엇인가'에 대한 논의는 '다양한 처지에 놓인 사람들이 함께 살 수 있는 사회란 무엇인가'에 대한 논의와 맞닿아 있습니다.

'다양한 처지에 놓인 사람들과 함께 살아가는 사회, 즉 다이버시티 사회'는 미래의 목표가 아닙니다. 이 사회에서 이미 다양한 사람들이 생활하고 있기 때문입니다. 출신지, 언어, 나이, 성별, 사상과 신념, 문화 습관, 심신의 상태 등이 저마다 다른 사람들이 모여 어떤 사회를 만들어갈 것인지에 관한 문제는 현실로 다가온 중대 과제입니다.

이 문제와 관계없이 살 수 있는 사람은 존재하지 않습니다. 왜냐하면 우리는 모두 '다양한 처지에 놓인 한 사람'이기 때문입니다.

사실 저는 앞으로의 문제에 답답함을 느낍니다.

사가미하라 사건의 재판이 머지않아 시작됩니다(이 글을 처음 게재했을 때는 공판이 아직 개시되지 않았습니다. 그 시점의 제 생각을 보여드리기 위해 당시의 글을 그대로 책에 싣습니다).

사회에 심각한 영향을 미친 사건의 공판이 시작되면 보통은 사실 규명이 기대됩니다. 두 번 다시 같은 사건이 일어나지 않도록 이 사건의 재판도 엄정히 이루어지기를 바라고 있지요.

또한 이 사건이 앞으로 '공생 사회' 실현을 향한 논의에 어떤 영향을 미칠지에 대해서도 충실히 기록해야 합니다.

한편 저는 무겁게 짓누르는 불안을 느낍니다.

피고가 범행 전후 드러냈던 "장애인은 사는 의미가 없다"는 취지의 주장을 재판에서 다시 펼치지는 않을지.

그 모습이 보도되면 사건 직후에 그랬던 것처럼 피고의 주장을 긍정하거나 찬미하는 의견이 다시 소셜 미디어에 넘쳐나는 것은 아닐지.

공판 내용은 누구나 알 권리가 있고, 이 사건에 관해서는 '괴롭지만 알아야만 하는 것'도 있습니다. 따라서 공판을 보도하지 않아서는 안 됩니다.

그러나 한편으로는, 그러한 말이 반복될 수도 있다고 상상하면 그 상상만으로도 우울해집니다.

말에 구원받는다는 것

피고의 주장에 동조하는 목소리가 소셜 미디어에 넘쳐나는 현상은 다음과 같은 점에서 두려운 일입니다.

우선 '특정한 사람들의 존엄을 손상하는 언어'가 사회에 축적되어가는 것이 두렵습니다.

소셜 미디어는 언론 공간이자 생활 공간이기도 합니다. 그러한 언어가 생활권에 존재하는 것, 또한 그러한 생활이 자연스러워지는 것에 저는 공포를 느낍니다.

게다가 소셜 미디어에서 범람하는 언어에는 반론하기 어려운 성격이 있습니다. 익명으로 넘쳐나는 언어에 정면으로 대응하고자 하면 중요한 논점이 빗나가기 쉽습니다.

"장애인은 사는 의미가 없다"는 말을 비판하려면 반론하는 이에게 '장애인이 살아갈 의미'를 입증할 책임이 있다고 자칫 착각해버리기도 합니다.

저 자신도 때때로 그런 착각에 빠지지만 냉정하게 생각해보면 이것은 대단히 부조리합니다.

우리가 논의해야만 하는 문제는 '장애 유무로 사람을 가르지 않고 함께 살아가기 위해 무엇이 필요한가?'입니다.

그러나 "장애인은 사는 의미가 없다"는 말에 반론하려고 하면 논점이 '장애인이 사는 의미란 무엇인가?'로 바뀌기 쉽다는 사실이 두렵습니다.

   당연하지만 ‘사람이 살아가는 의미’는 가볍게 논할 수 없는 것입니다.

   장애가 있든 없든 ‘자신이 살아 있는 의미’를 간결하게 설명할 수 있는 사람은 없다고 생각합니다. ‘내가 사는 의미’도 ‘이제까지 살아온 의미’도 말로 간단히 정리될 수 있을 만큼 얄팍한 것이 아니기 때문입니다.

   저도 ‘내가 사는 의미’에 대해 마음속 깊이 고민하고, 소중한 사람과 함께 서로 이야기하곤 합니다. 나 자신이 사는 보람을 누군가가 알아주었으면 하는 바람을 표현하기도 합니다.

   그러나 제가 ‘사는 의미’에 대해 제3자로부터 설명을 요구받을 이유는 없을뿐더러, 사회에 그 의미를 증명해야 할 의무도 없습니다.

   만일 제가 ‘내가 사는 의미’를 뜻대로 증명하지 못한다면 저에게는 ‘사는 의미’가 없는 것이 되는지요. 그런 말도 안 되는 증명을 요구받는다면 저는 그것을 폭력이라고 인식할 것입니다.

   반대로 만약 합리적이고 논리적인 설명이 가능하다면 누군가의 ‘사는 의미’를 부정해도 되는 걸까요? 그렇다면 저는 그런 합리성도, 논리성도 갖추고 싶지 않습니다.

   애당초 결론이 어떻게 나와도 책임지지 않을 사람들이 특정한 사람들의 ‘사는 의미’에 대해 논의하는 것 자체가 그 ‘특정한 사람들’에게는 공포스러운 일이 될 겁니다.

저는 사가미하라 사건에 대해 생각할 때 제5화에서 소개한 푸른잔디회의 요코타 씨와 동료들의 활동을 참고합니다. 왜냐하면 요코타 씨와 동료들은 처음으로 "장애인을 죽이지 말라"고 목소리를 드높인 사람들이기 때문입니다.

요코타 씨와 동료들의 활동을 소개하는 글을 쓰면 종종 "아직도 요코타 히로시 이야기를 하고 있냐"라는 비판을 받곤 합니다. 그러나 제가 보기에 사회는 '아직도' 요코타 씨를 따라잡지 못했다고 생각합니다.

2010년대 후반에 일어난 일 중 일부만 살펴보아도, 어느 항공사가 휠체어 이용자의 탑승을 거부한 일, 지적 장애인 아들이 작은 창고에 감금되어 사망한 사건(효고현 산다시) 재판에서 피고였던 아버지에게 집행유예 판결이 내려진 일 등, 요코타 씨와 동료들이 40년도 더 전부터 비판했던 것과 구도가 거의 같은 문제들이 일어나고 있음을 알 수 있습니다.

앞으로의 사회를 생각하는 데 70년대의 장애인 운동이 참고가 될까? 이런 의문이 들지도 모릅니다. 그러나 70년대의 운동을 공부하는 제가 보기에 지금 이 사회에는 불안한 기시감이 넘쳐나고 있습니다.

이미 수십 년 전부터 규탄받아온 일이 반복해서 일어난다.

장애인 운동가들이 온몸을 던져 쌓아온 것이 무너지고 있다.

사가미하라 사건은 그중에서도 최악의 형태라고 생각합니다. '죽이지 말라', '함께 살아가자'라는 메시지가, 그리고 그 메시지를 실현하기 위해 쌓아온 것들이 근본부터 뒤집혀버렸습니다.

　무너진 것은 다시 쌓아올려야만 합니다. '장애 유무로 사람을 가르지 않고 함께 살아가기 위해 무엇이 필요한지' 우리는 끈질기게 생각해야만 합니다.

　실은 여기서 글을 마무리 짓고 싶지만, 요코타 씨의 이야기를 꺼낸 이상 한마디 덧붙이지 않을 수 없습니다.

　요코타 씨는 이 글을 절대로 칭찬하지 않았을 것입니다.

　생전의 요코타 씨와 이야기를 나눌 때 저도 모르게 "우리는" 이나 "이 사회는" 같은 '큰 주어'로 말하면 요코타 씨는 다음과 같이 되물었습니다.

　그래서 자네는 어떻게 할 건데? 자네는 어떻게 하고 싶어?

　중요한 것은 '나'라는 '작은 주어'로 생각하는 것입니다.

　내가 할 수 있는 일은 이렇게 글을 쓰는 일입니다.

　글을 계속 쓰는 일입니다.

　예전에 경종을 울렸다는 것.

　경종을 울린 사람들이 있었다는 것.

　그 역사를 말로 바꾸어 다시 한 번 이 시대에 울려 퍼지게 하는 일입니다.

　그러기 위해서 저는 내년에도, 후년에도 그다음 해에도, 7월이 오면 사가미하라 사건에 대해 쓰려고 합니다. 함께 이 문제를 생각하고, 이 문제를 놓지 않은 사람들과 함께 계속해서 고민하고 괴로워하려고 합니다.

말에 구원받는다는 것

나라를 위한 쓸모가
없었던 사람

강권적이고 억압적인 사회에는 몇 가지 단계가 있다.

우선 누군가에게 '쓸모없다는 낙인'을 찍는 데 망설임이 없어진다.

다음에는 낙인 찍힌 사람들을 박해하고 배제하고 입 다물게 한다.

입을 다물린 뒤 이번에는 거구로 말하게 한다.

'이렇게 말하면 동료로 받아줄 수도 있다'는 태도를 취하며

'강제'하지 않고 어디까지나 '자발적'으로 말하게 만든다.

'강제로 말하게 한 사람'의 책임은 이런 식으로 사라지고

'자발적으로 말한 사람'만이 상처받는다.

나는 조부모와 함께 시간을 보낸 기억이 거의 없다.

'할아버지, 할머니'는 어딘지 멀게 느껴지는 존재였고, 어렸을 때는 "여름 방학 때 시골에 내려가"라고 얘기하는 친구들이 몹시 부러웠다. 조부모란 어린이에게 즐거운 시간을 보내게 해주는, 친근하면서도 숭고한 존재일 거라고 제멋대로 생각했다.

그래서인지 조부모만큼 나이가 많은 사람에게 마음이 끌리곤 해서 학창 시절 친하게 지낸 사람들 중에도 신기한 할아버지들이 많았다.

어느 유명 백화점에서 오랫동안 고객 응대를 담당했던 T 씨도 그중 하나로, 멋쟁이 할아버지였다. 백화점 업계에서 전설적인 판매원이었던 모양으로, 술집에 가면 "다 옛날이야기"라면서 기억에 남은 단골 손님들 일화를 들려주었다.

미시마 유키오→는 항상 맨몸에 가죽점퍼를 걸쳤고 함께 검도 연습을 하자고도 권했다든가, 사카모토 규↘가 세상을 떠나기 일주일 전에 라운지에서 함께 커피를 마셨다든가 하는 이야기를 잔뜩 들었다. 유도 5단을 취득한 실력자였기 때문에 '그쪽 사람들'에 대응한 적이 있다는 하드보일드한 무용담도 들었다.

'그 이야기, 녹음해둘걸……' 하는 생각도 들긴 하지만 나의 경험상, 그런 이야기는 녹음기를 켜면 나오지 않는다. 세상에는 '남기려고 하

→
1925~1970.
제2차 세계대전 후 허무주의와 이상 심리를 다룬 소설을 주로 썼으며, 1970년 자위대 본부에 난입해 쿠데타를 촉구하는 성명을 발표한 후 자살해 충격을 주었다.

↘
1941~1985.
가수이자 배우.
1961년 발표한 곡 〈위를 보고 걷자 上を向いて歩こう〉로 스타덤에 올랐으며, 1985년에 항공기 사고로 사망했다.

면 남길 수 없는 것'이 있는 법이다.

T 씨는 아시아·태평양전쟁 때의 이야기를 자주 들려주었다. 패전 시에 하사관(군조↘)이었던 T 씨는 그 후 '이러저러해서' 미군 함선에서 일하게 된 모양이다(자세한 경위는 불명이다). 막상 미군 내부에 들어가 보니 놀라운 일이 많았다고 한다.

음식이 맛있었던 점도 그랬다. 그는 통조림을 지급받았을 때 "이렇게 맛있는 걸 먹다니" 하고 놀랐단다. 소총이 가벼운 점에도 놀랐고. "저렇게 몸집 큰 놈들이 이렇게 가벼운 걸 들고 다녔구먼" 같은 소리도 했다.

T 씨가 먹어보고 들어보고 내린 결론은 "이러니 못 이기지"였다. 전쟁에서 살아남은 인간의 몸에서 도출된 판단인 만큼 설득력이 있었다.

T 씨는 패전 직후 이오섬↓(누구나 다 아는 격전지다)에도 갔다. 패전 후 이오섬에 상륙한 최초의 일본인일지도 모른다고 했다. 상륙해보니 병사들의 시체가 여기저기에 널브러져 있었다. 아직 백골이 되기 전의 생생한 형태를 유지한 채였다. 어느 일본인 병사의 눈에서 풀이 자라나 붉은 열매가 달려 있었다. 그 광경을 본 뒤로 한동안 토마토를 먹을 수 없었다.

T 씨는 미군 군속으로 상륙했으므로 병사의 시체를 거두지도 매장하지도 못했다. "슬픈 일이었지"라고 했다. 무척 상냥하고 밝은 할아버지였지만 이런 이야기를 할 때는 온화한 얼굴이 조금 어두워졌다. 아마 비슷한 괴로운 일을

↘
군조는 하사관에 해당하는 계급의 예전 명칭.

↓
일본 도쿄도 남쪽 해상에 자리한 화산섬. 1945년 3월에 미국 해병대가 승리한 후 미공군 기지로 사용되었다가 1968년에 일본에 반환되었다.

많이 겪었으리라.

　우리가 아는 사이가 되었을 때 T 씨는 80대 후반이었고 하반신이 자유롭지 못했다. 그래도 휠체어를 타고 술집에 나와 꽁치소금구이를 머리부터 덥석 베어 먹곤 했다. 나의 지갑 사정에 맞춰 무척 저렴한 체인점에 함께 가주었고, 헤어질 때는 언제나 만면에 미소를 띠었다. 과연 전설의 판매원.

　그러고 보니 "자서전을 쓰겠다"고 했는데 어떻게 되었을까…….

'전쟁에 갈 수 없다'는 것이 두려웠다

　'전쟁 경험을 들을 기회가 줄어들었다'는 이야기를 하고 싶다. 특히 전투 체험에 대해서는 들을 기회가 거의 없어졌다(애초에 말할 수 없고 말하지 않을 것이고 말하고 싶지도 않다는 사람이 많다). 경험자의 생생한 목소리를 듣는 일에는 의미가 있다. 지금 눈앞에 있는 사람의 마음과 몸이 과거에 어떤 상처를 입었다는 것. 그 사실을 아는 것만으로도 분명 의미가 있다.

　그 벌어진 상처로부터 흘러나오는 말을 접할 때면 독특한 긴장감을 느낀다. 무겁고 두렵고 때로는 도망치고 싶어진다. 하지만 대부분 고백하는 사람이 더 힘들어한다. 그렇게 힘겹게 짜내어진 말이므로 머리에, 마음에 온 힘을 다해 새겨 넣게 된다.

　'역사를 구전한다'는 것은 분명 그런 일이리라.

　전쟁 경험담도 좀처럼 들을 수 없게 되었지만 '장애인의 전쟁 체험'도 거의 들을 수 없어졌다.

학창 시절, 전쟁에서 살아남은 장애인들의 이야기를 들은 적이 여러 번 있다. 그중 두 사람 정도가 '징병 검사를 받은' 귀중한 경험담을 들려주었다. 한 사람은 한센병 요양소에서 살고 있었다. 내가 만났을 때는 치매가 진행되어 무엇을 물어도 "글쎄요, 어땠으려나요……"라는 대답만 돌아왔다(원래는 같은 요양소에서 생활했던 소설가에 대해 인터뷰하려고 했다).

하지만 이따금 정신이 번쩍 들 때면 "젊은 분 같은데 징병 검사가 뭔지 알아요?"라고 되물었다.

그 사람은 요양소에서 징병 검사를 받았다고 한다. 검사 담당 장교가 한 줄로 늘어선 검사 대상자들을 차가운 눈으로 노려보았다. 그 사람의 발에는 '반문'(한센병의 초기 증상인 얼룩)이 있었고 거기에 시선이 집중되었다.

그는 그 상황이 그저 두렵고 힘들었다는 이야기를 몇 번이고 몇 번이고 되풀이했다.

'정말 무서웠나 보다'라고 생각했는데 차근히 듣다 보니 내가 생각하는 '무서움'의 이유와 그 사람이 느꼈던 '무서움'의 이유가 다른 것 같았다.

나는 '전쟁에 끌려 나갈지도 모른다는 공포'를 경험했을 거라고 멋대로 짐작했다. 하지만 그 사람이 경험한 것은 도리어 '전쟁에 나가지 못해 쓸모없다는 낙인이 찍힐 것이라는 공포'였다.

나는 전쟁을 경험한 적이 없지만 '죽이는' 것도 '죽임당하는' 것도 극도로 싫기 때문에 '전쟁에 끌려 나갈지도 모른다는 공포'가 무엇인지는 대강 이해한다.

하지만 그것을 뛰어넘는 '낙인이 찍히리라는 공포'란 대체 어떤 감각일까.

병에 걸려서 면목이 없는 사람

어느 시대 특유의 감각을 이해하려면 여러 에피소드를 포개어 살펴볼 필요가 있다. 내가 들은 전시의 장애인이 겪은 에피소드 중에는 이런 것이 있다.

한센병 요양소의 옛일을 아는 노인에게 듣기로, 전쟁 중 "이런 한심한 병에 걸려서 면목 없다"며 할복 자살을 한 환자가 있었다고 한다. 심지어 병든 피가 주변을 더럽히지 않도록 큰 대야를 끌어안고 있었던 모양이다.

지체부자유아 학교의 교장에게 시찰을 나온 교육 관계자들이 욕을 퍼부었다는 이야기도 있다. 그들은 "나라가 비상시인데 이 학교는 장애아만 받고 있다. 양심에 거리끼지 않느냐. 지금 당장 이 시설을 나라에 쓸모 있게 하라"라고 비난했다.

'쓸모없다는 낙인이 찍힐지도 모른다는 공포'란 '나는 살 가치가 없으니 스스로 죽어야 한다'는 심리 상태로 몰아넣는다. 나아가 그러한 자신과 관계를 맺는 사람들까지 "이런 사람을 도와주는 것은 당치 않다"고 사회와 세상으로부터 욕을 먹는다.

그런 공포 속에선 살아 있다는 느낌이 결코 들지 않을 것이다.

같은 상황에 몰렸던 사람의 시가 남아 있다. 다른 매체에서 소개한 적이 있지만 이 글에서도 소개하고 싶다. 전쟁이 한창이었던 때(1943년), 어느 한센병 환자가 쓴 시다.

> 총 총!/ 기관총 기관총!/ 하나인 모두가 혈서로/ 탄원서를 내지 않
> 겠는가!/ 날아온 미국 짐승들에게/ 시나支那의 비실비실 비행기 씨
> 에게/ 일본 어디에 오든/ 일본인이 있는 곳이라면/ 가령 나병원 상
> 공까지도/ 굳건히 지켜지고 있다는 것을/ 뼈저리게 느끼도록—/ 탕
> 타당 타앙 타다당/ 총을 주십시오!/ 기관총을 내려주시기를!/ 총과
> 기관총을 부탁합니다!/ 부디 부디/ 부탁합니다 총을!
>
> 미쓰이 헤이키치, 〈부탁합니다 총을おねがひします鐵砲を〉(부분 인용).[1]

전시의 장애인들은 '나라에 쓸모 없는 사람'이라는 이유로 극
심한 박해를 받았다. "국가의 수치", "밥벌레"라고 욕을 먹었다.
　그러한 박해 속에서 고통받았던 사람들이었기에 "장애인을
고통스럽게 하는 전쟁에 반대한다!"라고 주장하지 않았다. 아
니, 주장할 수 없었다.
　박해받는 사람은 더욱 박해받지 않기 위해 세상의 분위기를
필사적으로 읽는다. 어떤 말과 행동을 하면 괴롭힘당하지 않고
빠져나갈 수 있을까, 어떻게 해야 내려치는 매질의 힘이 약해질
까 필사적으로 궁리한다.
　그래서 사실 전시의 장애인 문학 작품 중에는 전쟁을 열렬히

---

1) 《산벚나무》 1943년 10월호에 게재. «나병»은 한센병을 뜻하는 당시의 명칭이며
«시나»도 중국을 의미하는 당시의 말입니다. 역사적 자료임을 고려하여 그대로 인용
합니다.

찬미하는 작품이 많다. '전쟁에 쓸모없기' 때문에 도리어 "나는 이렇게나 전쟁에 대해 생각하고 있습니다"라고 표현하지 않으면 더더욱 괴롭힘당했기 때문이다.

'강제'가 없다는 두려움

오해의 우려를 무릅쓰고 말하자면 장애인들은 전쟁을 찬미하도록 강요당하지 않았다. 오히려 '자발적'으로 찬미했다.

정확히 말하면 '자발적으로 그렇게 생각하도록 만들어졌다.' '내 생각이 그러하다고 표명한 순간에만 세상으로부터 괴롭힘당하지 않고 조금이나마 편해질 수 있는' 삶을 살아야 했다.

이는 노골적으로 무언가를 '강제'당하는 일보다 훨씬 무섭다.

강권적이고 억압적인 사회에는 몇 가지 단계가 있다.

우선 누군가에게 '쓸모없다는 낙인'을 찍는 데 망설임이 없어진다.

다음에는 낙인 찍힌 사람들을 박해하고 배제하고 입 다물게 한다.

입을 다물린 뒤 이번에는 거꾸로 말하게 한다.

'이렇게 말하면 동료로 받아줄 수도 있다'는 태도를 취하며 '강제'하지 않고 어디까지나 '자발적'으로 말하게 만든다.

'강제로 말하게 한 사람'의 책임은 이런 식으로 사라지고 '자발적으로 말한 사람'만이 상처받는다.

최근 "지금 일본은 어느 단계일까?"라는 섬뜩한 의문이 머릿속을 스치곤 한다. 과거 전쟁 때와 비슷한 공기가 떠도는 듯한 기분이 든다.

"전쟁 중과 현재를 같은 선상에 놓다니 말도 안 된다"라고 하는 사람이 있을 것이다. 과연 그렇게 말할 수도 있을 테다.

하지만 꽤 비슷한 면이 있다. 아니, 똑 닮았다고 해야겠다.

이 정도로 이번 글을 마칠 생각이었는데 "생산성 없는 사람에 대한 지원은 뒤로 미뤄야 한다"는 국회의원의 발언[2]이 화제에 올라 현기증이 멎질 않는다.

누군가에게 '쓸모없다'는 낙인을 찍는 사람은 남에게 '쓸모없다는 낙인'을 찍음으로써 '나는 무언가에 쓸모가 있다'고 착각하곤 한다. 특히 그 '무언가'가 막연히 커다란 것이라면 주의할 필요가 있다('국가', '세계', '인류' 등 말이다). 제6화에서 언급한 사가미하라 사건의 범인에게서도 같은 문제가 파악된다.

'누군가에게 쓸모 있는 것'이 '쓸모없는 사람을 찾아내 비난하는 것'을 뜻한다면 나는 절대로 어떤 쓸모도 있고 싶지 않다.

> 참고: '장애인의 전쟁 체험'에 대한 기초 문헌으로는 장애인의 태평양전쟁을 기록하는 모임(대표 니키 에쓰코) 편찬 《또 하나의 태평양전쟁もうひとつの太平洋戦争》(릿푸쇼보立風書房, 1981)이 있습니다. 지금은 절판되었습니다.

---

2) 자민당 중의원 의원 스기타 미오가 월간지 《신초45新潮45》 2018년 8월호에 〈'LGBT' 지원 수준이 도를 넘다「LGBT」支援の度が過ぎる〉라는 글을 기고하면서 동성 커플에 대해 《그 남자, 그 여자 들은 아이를 낳지 않습니다. 즉 '생산성'이 없다는 뜻입니다》라고 지적했다.

책임의 '층'

하지만 왜 짓소는 공장 조업을 계속할 수 있었는가.

사회가, 세상이 지금보다 풍요로워지기 위해,

짓소가 만들어낸 화학 물질을 원하고

짓소와 같은 대기업을 필요로 했기 때문이다.

그렇다면 바다를 오염시키고 인간과 바다 생물을 해친 책임은

사회나 세상에도 있지 않을까.

우리는 애초에 이러한 가해 기업과 아무 관계 없이 살고 있을까.

최근 몇 년 사이 사회가 돌아가는 속도를 따라잡지 못하게 되었다. 이렇게 쓰면 빠르게 돌아가는 세상의 유행이며 디지털 기기의 변화를 따라잡지 못하겠다는 '나도 이제 나이 먹었네 선언'인가 싶을지도 모르겠다.

원래 유행이나 최신 전자 기기의 변화는 따라가지 못했다. 이번에 하고 싶은 이야기는 그보다 더 심각하다. 진지하게 생각해 봐야 하는 사회적 사건이 연달아 일어나 머리도, 마음도, 몸도 좀처럼 따라잡을 수가 없다는 이야기다.

2019년 한 해 동안 신문 또는 잡지로부터 의견 및 코멘트를 달라는 요청을 받거나, 친분이 있는 보도 및 복지 관계자와 토론한 사건만 꼽아도 이러하다.

- 가와사키시 노보리토에서 일어난 무차별 살인 사건(2019년 5월 28일)
- 전 농림수산성 사무차관이 은둔형 외톨이인 장남을 살해한 사건(2019년 6월 1일)
- 교토애니메이션 본사에서 일어난 방화 살인 사건(2019년 7월 18일)

이외에도 장애나 질병이 관련된 사건들(간병 살인이나 빈곤이 죽음을 부른 사건 등)이 자주 보도되고 있어 마음이 어두워진다.

사건의 경중이란 간단히 판단할 수 없는 것임이 분명하다. 피해자와 관계자에게는 자신이 휘말린 사건이야말로 가장 괴롭고 심각한 사건이기 때문이다. 하지만 사회에 미친 영향이나 보도 규모 등을 고려하면 위의 세 사건은 모두 범죄사에 남는다 해도 이상하지 않으리라.

생각해보면 사가미하라 장애인 시설 살상 사건(이하 사가미하라 사건)은 이들 사건이 일어나기 고작 3년 전에 발생했다(2016년 7월 26일).

처참하기 그지없는 사건이 잇달아 발생해 잠시 시간을 갖고 생각할 수조차 없다. 심지어 하나하나 모두 너무 복잡하고 심각한 나머지, 자칫하면 '사건에 대해 생각해보자'는 의지와 마음마저 꺾일 것 같다.

2019년 NHK 방송국이 실시한 여론 조사 결과에 따르면 다섯 중 한 명 정도가 사가미하라 사건에 대해 "별로 기억나지 않는다", "전혀 기억나지 않는다"라고 답했고, 20대 이하의 젊은이들 절반 가까이가 "기억나지 않는다"라고 답했다(출처는 NHK 방송국이 사가미하라 사건을 주제로 개설한 웹사이트 〈19명의 목숨—장애인 살상 사건〉).

돌이켜보면 사가미하라 사건이 발생한 다음 해에 기자, 저널리스트, 장애인 단체 관계자 들로부터 이미 사건의 '풍화'를 염려하는 목소리가 나왔다.

'풍화'를 탄식하기는 쉽다. 하지만 이렇게 중대한 사건이 연이어 일어나면 '감정'이나 '감수성'을 어느 정도 차단해야만 제정신을 유지할 수 있을 것 같기도 하다.

우리는 우리가 생각하는 것보다 훨씬 더 무서운 시대를 살고 있는지도 모른다.

말에 구원받는다는 것

　사가미하라 사건처럼 극히 처참한 사건에 대해 논의할 때 종종 부딪히는 벽이 있다. 사건의 '책임' 소재를 두고 벌어지는 의견 충돌이다.

　사가미하라 사건의 경우, 일차적인 책임은 틀림없이 범인에게 있다. 그래서 어떤 사람들은 범인의 편향된 사고방식과 비정상성을 분석해 그 원인을 밝혀야 한다고 지적한다.

　반면 범인은 사회에 만연한 일종의 가치관을 가장 나쁘고 극단적인 형태로 체현했다고 생각하는 사람도 있다. 분명 이 사회에는 '쓸모가 있다/없다', '생산성이 있다/없다'는 척도로 인간의 존엄을 평가하는 가치관이 널리 퍼져 있다(이러한 가치관을 노골적으로 표명한 국회의원이 있을 정도다). 이렇게 생각하면 범인의 개인적인 편견이나 비정상성을 규명하는 작업은 큰 의미가 없을지도 모른다.

　그러나 이 관점으로만 보면 '책임'은 '사회'로 돌아가고, 결국 '모두의 잘못'이라는 사고방식으로 귀결될 수 있다. 나아가서는 범인의 '책임'을 가볍게 여기거나 아예 묻지 않게 될 수도 있다.

　그런데 우리는 '장애인과 함께 살아가는 일'에 대해 평소 얼마나 진지하게 생각하고 있을까. 장애인의 존재를 어떤 지점에서는 '민폐다', '방해된다'라고 느끼거나 '따로따로 사는 편이 좋다'고 생각하고 있지는 않은가.

　물론 흉기를 휘두른 행위에는 이해할 가치도 없지만 사가미하라 사건의 범인이 장애인에 대해 품었던 것과 비슷한 감각을 우리는 정말 조금도 품고 있지 않다고 잘라 말할 수 있을까. 우리 한 명 한 명의 이러한 감각의 총합은 그 사건과 아무 관계가 없다고 단언할 수 있을까.

그래도, 그럼에도 불구하고, 범인의 언동은 비정상적이라고 생각한다. 사건 전후의 언동도 비정상적이었고, 보도된 진술 내용도 이해하기 어려웠다. 그러한 비정상성이 어디에서 비롯되었는지도 규명해야만 한다.

'책임'은 범인이라는 개인에게 있는가. 아니면 사회라는 전체에 있는가. 큰 사건이 일어날 때마다 이러한 구도로 논의가 이루어졌다.

가와사키시 노보리토에서 일어난 무차별 살인 사건 때도 같은 논의가 벌어졌다. 이 사건에서 문제는 흉기를 휘두른 범인에게 있는가. 아니면 '은둔형 외톨이'라는 사회 현상까지 뿌리를 뻗고 있는가.

우리는 처참한 사건의 '책임'을 어떤 식으로 물어야 좋을까.

미나마타병과 싸우다

이런 문제와 직면할 때마다 다시 읽어보는 책이 있다. 미나마타병 환자인 오가타 마사토 씨의 강연·대담을 모은 《짓소는 나였다チッソは私であった》(아시쇼보葦書房, 2001)이다.

미나마타병은 두말없이 일본이 경험한 가장 큰 규모의 공해병이다. 책 제목의 짓소는 이 공해를 유발한 가해 기업 '짓소 주식회사'를 말한다.

당시 짓소 주식회사의 미나마타 공장(구마모토현 미나마타시)에서는 아세트알데히드라는 물질을 생산했다. 미나마타 공장은 이 물질을 생산하는 과정에서 수은을 사용한 뒤 그 폐수를 따로 처리하지 않고 그대로 미나마타만에 흘려보냈다.

흘러 나간 수은은 바다 생물의 몸에 들어가 먹이 사슬을 통해 농축되었다. 수은이 농축된 어패류를 그 지역 어민들이 잡아 먹었다. 이렇게 해서 매우 넓은 범위에 걸쳐 심각한 수은 중독 현상이 일어났다.

미나마타병은 환자 발생이 공식적으로 확인된 뒤(1956년) 원인은 미나마타 공장의 폐수라고 정부가 공식 견해를 내기까지(1968년) 대단히 오랜 시간이 걸렸다.

왜 그랬을까. 가난한 어민보다 대기업 짓소 편에 선 사람이 많았기 때문이다.

당시 고도 성장기를 맞이한 일본은 기적과 같은 경제 성장을 유지하기 위해 미나마타 공장에서 생산하는 화학 물질을 필요로 했다. 게다가 공장이 있는 지역에는 많은 짓소 사원이 살았고, 짓소는 이른바 지역 경제의 대들보였다.

원인이 밝혀진 뒤에도 문제는 많았다. 환자에 대한 심각한 차별도 그중 하나였다. '전염된다'는 편견도 있었다. 피해자들은 '가짜 환자' 취급을 받기도 했다. 어업이 불가능해져서 조상 대대로 이어온 어민으로서의 삶이 끝나기도 했다.

그뿐 아니라 미나마타병 환자로 '인정'받기 위해서는 국가나 구마모토현이 설치한 기관으로부터 '환자 인정'을 받아야 한다는 부조리한 절차도 있었다.

국가와 현은 처음부터 가해 기업 편이었다. 따라서 미나마타병은 '피해자'가 '가해자'로부터 '피해자'인지 아닌지 판단 및 인정을 받는 구조가 되었다.

미나마타병 환자들은 절망적이라 볼 수 있는 이런 상황 속에서도 계속 목소리를 냈다. 오가타 마사토 씨도 그중 하나였다.

미나마타병 환자 운동은 '환자 운동'이라고 하나로 묶어 말하기 어려울 만큼 복잡하다. 환자들 처지가 저마다 달라서 '목소리를 내는 법'도 서로 다를 수밖에 없었기 때문이다.

인정 기관으로부터 '환자'로 인정받고 가해 기업에게서 보상을 받는 편이 낫다고 생각하는 사람도 있었다. 가해 기업에 직접 맞서야 한다는 사람도 있었다. 미나마타병은 인류사에 남을 공해병이다. 당연히 어찌할 수 없는 다양한 사정을 지닌 사람들이 그 속에 있었다. 오가타 마사토 씨도 복잡한 환자 운동 내부에 자리한 사람이었다. 그런 상황을 체험한 사람의 말이 가벼울리 없다.

《짓소는 나였다》에서 특히 마음에 와 닿은 대목이 있다. 오가타 씨가 '책임'을 《지층》에 비유한 부분이다. 조금 길지만 인용해보겠다.

인간의 책임이다, 인간이 잘못했다고 주장하면 예컨대 짓소의 책임이라는 주장과는 대립된다고 여겨집니다. 짓소의 책임은 완전히 없어지는 것처럼요. 하지만 두 책임은 대립하지 않아요. 지층처럼 세로

축을 공유하는 관계이므로 대립할 수 없습니다. 짓소에게도 분명히 책임이 있습니다. 시공의 차이 같은 것으로, 분명히 지금 이 순간에는 책임이 존재합니다. 하지만 내가 말하고 싶은 부분의 책임은 조금 빗겨간 곳에 있다 보니 대립된다고 해도 설명할 도리가 없습니다.

미나마타병의 '책임'은 어디에 있는가. 틀림없이 짓소라는 회사에 있다. 이익만 추구하고 주변 주민의 건강에 미칠 피해나 환경 오염을 등한시한 회사의 책임은 무겁다.

하지만 왜 짓소는 공장 조업을 계속할 수 있었는가. 사회가, 세상이 지금보다 풍요로워지기 위해, 짓소가 만들어낸 화학 물질을 원하고 짓소와 같은 대기업을 필요로 했기 때문이다.

그렇다면 바다를 오염시키고 인간과 바다 생물을 해친 책임은 사회나 세상에도 있지 않을까.

우리는 애초에 이러한 가해 기업과 아무 관계 없이 살고 있을까. 내 방만 둘러봐도 화학 물질로 만들어진 물건이 가득하다. 지금 원고를 쓰는 컴퓨터도, 방금 사온 저녁거리(토막 생선)가 들어 있는 발포 플라스틱 용기도 죄다 화학 물질로 이루어져 있다.

당시 짓소가 만들었던 것도 이렇게 우리 주변에 넘쳐나는 물질의 재료였다. 그렇다면 '바로 나'도 짓소와 별로 다르지 않은 것이 아닐까.

그건 그렇고 언제부터 인간은 자연을 오염시키고도 태연해지게 되었나. 문명이 인간으로부터 이러한 감수성을 빼앗았을까. 그렇다면 미나마타병의 근원에는 문명이라는 병이 있는지도 모른다.

오가타 씨는 이러한 차원까지 '책임'을 생각한 사람이었다. 생각이 지나쳐 한때는 정말로 위태로운 정신 상태에 빠졌다. 방에 있는 텔레비전을 부수고 바다를 향해 무릎 꿇고 사죄했다. 그리하여 오가타 씨는 무엇을 깨달았을까. 자세히 알고 싶은 사람은 부디 《짓소는 나였다》를 읽어보기 바란다.

처참한 사건의 '책임'을 지는 방식

이 글 첫머리의 이야기로 돌아가자.

사가미하라 사건의 '책임'도 오가타 씨가 말하는 «지층»처럼 몇 겹이고 몇 겹이고 쌓여 있을 것이다.

범인에게는 물론 '책임'이 있다.

인간을 '생산성'으로 평가하는 현대 사회의 존재 양식에도 있다.

나 자신도 넓은 '책임'에서 자유롭지 않다.

겹겹이 쌓인 '책임의 층'에 대해 생각할 필요가 있다.

어느 한 '층'에 대해 생각했다고 해서 다른 '책임'을 면할 수는 없다.

용서할 수 없는 것을 용서할 필요는 없다.

깊고 깊은 '층'에서는 미나마타병과 사가미하라 사건의 '책임'이 겹쳐 보이기까지 한다.

하지만 처참한 사건에 대해, 이러한 '층'을 생각하기에 이 사회는 너무 빨라지고 부산스러워져버렸다.

게다가 원래 한 사람 몫으로 생각할 수 있는 '층'은 그다지 넓지 않기 마련이다.

그러므로 함께 생각할 사람의 수를 늘릴 필요가 있다.

이를 위해 무슨 일을 할 수 있을까.

이 질문에 대해 계속 고뇌하는 일도 처참한 사건과 마주하는 '책임'의 방식이라고 생각한다.

참고:《짓소는 나였다》는 2020년 12월에 가와데쇼보신샤河出書房新社에서 문고본으로 출간되었습니다.

분위기에 지워지는 목소리

제도보다 분위기의 위력이 더 크면

사람은 분위기에 좌우되어 살아가게 된다.

분위기를 만드는 쪽에 속한 사람은 그래도 딱히 불편하지 않을 수 있다.

하지만 이 사회에는 만들어진 분위기 속에서 살아갈 것을

강요당하는 사람들이 있다.

그런 사람들한테 분위기에 의존해야만 하는 상황은 공포스러울 뿐이다.

'강자가 약자를 그때그때 분위기에 따라 대우해도 된다'는 뜻이기 때문이다.

성격상 울컥하는 경우는 그다지 없었다. 그렇지만 최근 몇 년 사이 찜찜해하거나 부글부글하는 일이 많아졌다.

아마 육아와 관계가 있으리라. 아이가 말을 듣지 않아 속이 부글댈 때가 없을 리 없다(일상적인 일이라고 하는 편이 정확하겠다). 하지만 그것이 주된 이유는 아니다.

다음 세대를 생각하면 정치며 사회며 세상의 구조 같은 것이 왠지 마음에 거슬리는 경우가 많아졌기 때문이다.

아들이 한 살이 될까 말까 했던 무렵의 일이다. 나보다 몇 살 아래인 남성 지인과 출산 휴가, 육아 휴직에 대해 이야기하게 되었다.

지인은 세간에서 '엘리트 회사원'이라고 부를 법한 사람으로, 무척 성실하고 주위 평판도 좋았다. 육아에도 적극적으로 참여하는 듯했고, 그런 점 때문에 또 믿음직스럽게 여겨지고 있는 모양이었다.

그렇게 훌륭한 사람의 입에서 이런 말이 나왔다.

"출산 휴가든 육아 휴직이든, 제도 자체보다는 (휴가를 낼 수 있는) 분위기가 중요하죠."

그 자리에 함께 있던 사람들은 '맞아, 맞아' 하듯 고개를 끄덕였지만 나는 찜찜한 기분과 부글대는 마음이 동시에 끓어올라 참기 힘들었다(지금 생각해보면 굳이 참지 않는 편이 좋았을지도 모르겠다).

내가 울컥한 주된 이유는 두 가지였다.

하나는 그런 말을 한 사람이 바로 '그'였다는 점이었다.

그는 회사에서 젊은 층을 이끄는 리더로, 이미 책임이 무거운 직책을 맡아 장래에는 회사의 일, 이인자 자리에까지 오르리라 여겨지는 인재였다. 즉, 사내 분위기를 만드는 쪽에 속했다. 그런 사람이 사내 분위기 문제를 남 일처럼 말하는 데에 울컥하고 말았다.

똑같은 발언을 사내에서 입지가 약한 이가, 휴가 제도가 있어도 휴가를 낼 수 있는 분위기가 아니어서 힘들다는 문맥으로 말했다면 울컥하지 않았을 것이다. 친한 사람이라면 오히려 함께 머리를 맞대고 고민해보고 싶었을지도 모른다.

두 번째 이유는 그 자리에 있었던 이들이 '제도보다 분위기'라는 발상이 얼마나 무서운지 지각하지 못했다는 점이었다.

제도보다 분위기의 위력이 더 크면 사람은 분위기에 좌우되어 살아가게 된다. 분위기를 만드는 쪽에 속한 사람은 그래도 딱히 불편하지 않을 수 있다. 하지만 이 사회에는 만들어진 분위기 속에서 살아갈 것을 강요당하는 사람들이 있다.

그런 사람들한테 분위기에 의존해야만 하는 상황은 공포스러울 뿐이다. '강자가 약자를 그때그때 분위기에 따라 대우해도 된다'는 뜻이기 때문이다.

약자가 그와 같은 대우를 당하지 않도록, 제도가 분위기에 좌우되지 않게 제대로 정비해야만 한다. 분위기란 주류 다수에게는 공기 같은 것일 뿐이지만 소수자에게는 감옥과 같다. 결코 과장이 아니라 진정 공포스러운 것이다.

2018년, 어느 의대 입시에서 자행된 여성 차별이 밝혀져 세상이 떠들썩했다.[1] 여성 수험생들이 여성이라는 이유만으로 입시에서 부당하게 감점을 당해온 것이다. 이 보도를 접한 날 매우 분노가 치밀어, 특별히 하는 것도 없이 화를 내다 지쳐서 밤에는 기운이 쭉 빠지고 말았다.

이 또한 '제도보다 분위기'가 우선된 최악의 사례라고 생각한다. '여자는 일을 시키기 어렵다'는 분위기가 입시라는 엄정한 제도의 골조를 무너뜨린 것이다. 일본에 여성 차별이 없다고 생각하진 않았지만 이렇게 노골적으로 보게 되어 역시 충격이 컸다.

이 보도를 두고 소셜 미디어에서는 "차별한 것이 아니라 구별해서 처리했을 뿐"이라는 주장이 드문드문 나왔다. "차별과 구별은 다르다"는 말은 장애인 차별을 옹호할 때도 등장하는 전형적인 주장이다. '이딴 소리가 여기서도 나오다니……'라는 생각이 들면서 더더욱 힘이 빠지고 말았다.

입시에서 '차별'은 부당하게 '당하는 것'이고 '구별'은 불이익이 발생하지 않도록 '배려하는 것'(예로 확대경 사용 허용 등)이다.

따라서 '불이익이 발생하는 구별'은 '차별'일 뿐이며, 특성이

---

1) 2018년 8월, 도쿄의과대학이 최소 2006년부터 여성 수험생 및 4수 이상의 남성 수험생의 점수를 일률적으로 감점하여 성적 조작을 해온 것으로 밝혀졌다(참고 〈도쿄의대 입시「여성 차별」06년에는 득점 조작 조사 보고東京医大入試「女性差別」06年には得点操作 調査報告〉, 《아사히 신문》 2018년 8월 8일, 조간 1면). 그 후 다른 의대 여러 곳에서도 같은 부정행위가 이루어진 것으로 판명되었다.

나 성질을 이유로 '불이익'을 강요하는 일은 용납될 수 없다.

"차별과 구별은 다르다"는 주장은 "그것은 차별이다!"라고 비판을 당한 당사자가 무심코 입 밖에 내는 경우가 많았다. 그런데 이제는 소셜 미디어 등에서 이 문제와 직접 관계가 없는 사람들까지 덩달아 같은 주장을 떠들어대는 광경에 떨떠름한 마음이 가시지 않았다.

애초에 '남성 중심 사회'가 만든 분위기에 여성의 인생이 좌우되는 것이 차별이겠지만…….

이 사회는 '권리'라는 개념에 둔감하고 그와 짝을 이루어 '차별'에 대해서도 희미한 감수성을 지녔다. '차별'을 알아차리는 감수성을 무디게 만들지 않기 위해서라도 우리는 '권리'에 민감해져야 한다.

여성들의 장애인 운동

'권리'란 무엇인가.

'차별'이란 무엇인가.

그 답을 알고 싶은 사람은 장애인 운동을 공부하면 좋다. 이러한 문제를 푸는 데 필요한 힌트가 가득하기 때문이다.

다만 장애인 운동에도 반면교사로 삼아야 할 측면이 있다. 운동 내부에 여성이 경시되고 차별받은 사례가 존재하기 때문이다.

제5화에서 일본 뇌성마비인협회 푸른잔디회 가나가와현연합회 소속이었던 요코타 히로시 씨를 소개했다. 푸른잔디회의 가나가와현연합회는 수많은 차별 반대 투쟁을 펼쳐온 단체다.

장애는 '극복하는 것', '치료하는 것', '바람직하지 못한 것'이라는 사고방식이 상식이었던 1970년대, 가나가와현연합회 사람들은 "장애인으로 사는 게 뭐가 나빠!"라고 주장하여 복지 업계를 뒤흔들었다.

사실 푸른잔디회에는 뇌성마비인끼리 결혼해 부부가 운동에 참여한 경우가 적지 않았다. 당시엔 장애인이 결혼해 가정을 꾸리는 것 자체가 사회와의 싸움이었다(현재도 장애인의 결혼은 강한 비난을 받곤 한다). 따라서 그 자체는 낡은 가치관을 깨부수는 급진적인 도전이었지만, 그들의 성 역할 인식은 몹시 고루했다.

예를 들어 가나가와현연합회에는 운동가 아내들이 연대해 만든 '부인부婦人部'라는 부서가 있었다. 푸른잔디회에는 지부가 몇 있었지만 부인부가 존재한 것은 가나가와현연합회뿐이었다.

부인부가 존재했다고 해서 '가나가와 아내들의 힘이 강했다'는 뜻은 아니다. 도리어 실상은 그 반대였다. 모임 내에는 여성들이 가나가와현연합회 이름을 걸고 활동하는 것을 두고 주제넘은 짓이라고 불쾌하게 여기는 흐름이 있었다고 한다.

즉, 당시 장애인 운동 내부에도 '여자는 안(집), 남자는 바깥', '여자는 한 발 물러나 있어야 하는 법'이라는 분위기가 존재했으며, 그 분위기를 강요받은 여성들이 있었던 것이다.

푸른잔디회의 연혁을 보면 창립자 셋 중 한 명은 여성이고 전국 조직 대표에 여성이 취임하기도 했으며, 물론 여성들이 중심이 되어 차별 반대 운동을 펼친 적도 있다.

따라서 여성이 푸른잔디회 운동에 관여하지 않았다고 할 수는 없다. 하지만 운동 내부에 여성을 경시하는 풍조가 존재한 것은 사실이다.

가나가와현연합회 부인부 사람들은 이런 이야기들을 모아 책으로 펴냈다. 제목은 《여자로서, CP로서 おんなとして、CPとして》(CP여성회 편찬, 1994년. 'CP'는 뇌성마비를 뜻한다). 여성의 시선으로 장애인 운동을 바라본 빼어난 명저이지만, 안타깝게도 절판되었고 재출간될 가능성도 없는 듯하다.

우치다 미도리 씨(1939~2015)는 가두 홍보 광경을 책에 이렇게 기록했다.

경쾌한 징글벨 멜로디가 흐르자 아이들의 웃음소리가 울려 퍼지고, 케이크며 장난감을 품에 안고 귀가를 서두르는 부모들과 아이들. 여자들은 집에 두고 온 아이들을 떠올렸다. 마이크가 뿜어내는 남자들의 외침. 여자들은 비슷한 행인들(엄마들) 속에서 계속 전단지를 돌렸다. 여자들은 육아를 하며 처음으로 겪게 된 지역과의 마찰 속에서 남자들과는 다른 차별과 편견을 맛보기 시작했다. 남자들은 장애인 운동에 꿈과 낭만을 걸었고, 여자들은 하루하루의 생활을 걸었다.

《남자들은 장애인 운동에 꿈과 낭만을 걸었고, 여자들은 하루하루의 생활을 걸었다》라는 마지막 문장은 가늠하기 어려울 만큼 무겁다.

당시 상황에 대해 조금 설명해보겠다.

말에 구원받는다는 것

푸른잔디회가 차별 반대 운동을 펼치며 세상을 떠들썩하게 만들었을 때 부인부의 아내들은 운동과는 종류가 다른 어려움에 직면했다.

아이들과 관련한 어려움을 예로 들 수 있다. 자식들은 장애가 없었기 때문에 인근 학교에 다니며 이웃 아이들과 함께 생활했다. 부모들도 아이를 통해 새로운 인간관계를 맺어갔다.

당연히 좋은 일만 일어나지는 않았다. '장애인 부모를 둔 아이', '장애가 있는 부모'라는 틀로 바라보는 이웃 사람들의 시선에 마음의 상처를 입을 때도 많았다.

게다가 '가족'을 유지하기 위해서는 살림(가사, 가계 관리, 육아 등)을 꾸려가야 한다. 운동 지원자들과도 어울려야 한다. 그러한 갖가지 현안을 처리하는 일도 아내들이 맡았다(맡을 수밖에 없었다).

부인부 사람들은 매일같이 장애인 차별을 실감하고 있었기 때문에 운동에 적극적으로 참가했다. 하지만 거리에서 전단지를 돌리거나 행정 기관과 교섭하는 순간에도 자식이 있는 사람은 빈집을 지키는 아이들을 걱정했다.

더 어린 아이를 두고 있는 여성은 육아에 쫓겨 운동 현장에 가고 싶어도 아예 갈 수조차 없었다.

아무리 무거운 장애를 가졌어도 살 수 있는 사회를 만들겠다는 신념과 매일 아이를 돌보고 가계에 신경 쓰고 가정을 유지해야 한다는 현실적인 걱정. 아내들은 이 두 가지를 두고 번민했다.

장애인 차별과 싸우기 위해 '집과 아이들'을 떠맡기고 운동에 나서는 남편의 등을 아내들은 어떤 마음으로 배웅했을까. 분명 복잡한, 딱 잘라 말할 수 없는 상념이 있었으리라.

우치다 미도리 씨가 《여자들은 하루하루의 생활을 걸었다》라고 적었을 때 그 《하루하루의 생활》을 지키기란 얼마나 힘든 일이었을까. 그것을 상상해야만 한다. 그리고 그 노고가 '역사'에 남기 어렵다는 것도 알아야 한다.

　　같은 글에서 우치다 미도리 씨는 다음과 같이 썼다.

　　운동이란 결코 특별한 사람들이 하는 것이 아니다. 굳이 말하자면 가장 평범한 인간이 평범하게 살고 싶다고 바랄 때, 그렇게 바라는 모습이 바로 운동이다.

　　적어도 우리의 투쟁의 뿌리는 거기에 있다.

　　결혼, 출산, 육아 그리고 우리 손으로 쌓아 올린 가정…… 이를 지키기 위한 투쟁.

　　그것을 사람들은 장애인 운동이라고 부른다.

여성들의 목소리를 잊어서는 안 된다

　　대단한 사람인 양 이 말 저 말 늘어놓았지만 사실 나도 반성해야 한다.

　　학창 시절에 때때로 요코타 히로시 씨 댁을 드나들며 이야기를 들었다. 실은 그때, 앞에 인용한 글을 쓴 우치다 미도리 씨와도 만나곤 했다. 생글생글 웃는, 상냥하고 명랑한 사람이었다.

　　가나가와현연합회에 부인부가 있었다는 사실은 나도 알고 있었다. 우치다 미도리 씨가 부인부 소속이며 대단한 뛰어난 문장

가이고 운동의 최전선에 섰던 사람이라는 사실도 알았다.

하지만 단 한 번도 '우치다 미도리 씨의 이야기를 들어보자'고 생각한 적이 없었다. 요코타 씨의 이야기를 듣겠다는 일념 때문에 떠올릴 여유가 없었던 것도 사실이다. 요코타 씨의 어려운 이야기를 이해하는 것만으로도 벅찼다. 하지만 이 또한 진부하고 얄팍한 변명일 뿐이다.

결국 나도 장애인 운동을 '남자의 꿈과 낭만 사관'으로 보고 있었다는 뜻이다.

'반차별 운동의 역사'를 쓰겠다면서 '남자들의 성과'에만 눈을 돌리고, 매일매일의 삶 속에서 투쟁했던 여성들의 말은 들으려고도 하지 않았다. 우치다 씨의 말은 생활을 걸었던 여성들의 목소리가 '반차별 투쟁의 역사' 속에서 망각될 것을 경계하는 경종이었는데도.

그 뒤로 가족이 생긴 나는 '하루하루의 생활을 유지하기'가 얼마나 대단하고 소중한 일인지 조금이나마 알게 되었다. 그래서 후회하고 반성하고 다시 배우고자 한다.

그리고 나 역시, 따지자면 사회의 주류이자 분위기를 만드는 측에서 살아왔다. 분위기에 휩쓸려 사라지는 목소리들에 민감하게 귀를 기울일 것을 다짐한다.

참고: 가나가와현연합회 부인부에 대해서는 《차별받고 있다는 자각은 있는가: 요코타 히로시와 푸른잔디회 「행동 강령」》(젠다이쇼칸, 2017)에서 좀 더 자세히 소개했습니다(특히 마지막 장). 관심 있는 분은 읽어보시기 바랍니다.

제
10
화

선을 지키는 말

'인권 존중'이란 본래 '인간으로서의 존엄을 지키기 위해

사람은 모두 누구에게도 절대로 침해받을 수 없는 선을 지닌다.

그 선을 소중히 여기자'는 의미다.

하지만 왜인지 이 사회에서는

'인권=제대로 된 사람만 신청할 수 있는 상품 비슷한 옵션'처럼 여겨지고 있다.

아들이 네 살 때 일이다. "아빠는 직업이 뭐야?"라는 질문을 받고 말문이 막혔다.

그러고 보면 문학자는 무슨 일을 하는 사람인가…….

'문학자가 하는 일을 말로 나타내기란 문학자에게 무척 어려운 일'이라고 변명해봤자 소용없으니 어떻게든 설명해보겠다.

'문학자가 해야 할 일'은 아주 많지만 그중 하나는 「없는 말」을 찾아내기'라고 생각한다.

제2화에서 우리에게는 '격려하는 말'이 없다고 썼듯이, 이 사회에는 '있으면 분명 좋을 말이 없는' 경우가 있다. 그런 말을 찾아내서 사회를 점검하는 질문을 던지는 것도 문학자의 중요한 일이라고 생각한다.

이 글에서는 말 찾기에 대해 생각해보고자 한다.

인권이 스며들기 어려운 사회

학창 시절부터 줄곧 고민해온 문제 중 하나는 '왜 이 사회에는 인권이라는 개념이 스며들기 어려운가?'이다. 헌법의 3원칙에도 '기본적 인권 존중'이 포함되어 있건만, 인권 개념은 좀처럼 사회에 침투하지 못하고 있다.

'인권 존중'이란 본래 '인간으로서의 존엄을 지키기 위해 사람은 모두 누구에게도 절대로 침해받을 수 없는 선을 지닌다. 그 선을 소중히 여기자'는 의미다. 하지만 왜인지 이 사회에서는 '인권=제대로 된 사람만 신청할 수 있는 상품 비슷한 옵션'처럼 여겨지고 있다.

　여기에는 다양한 이유가 있을 것이다. 애초에 '인권'이란 개념을 만들어낸 서구 나라들과 일본은 역사적·문화적 토양이 다르니 스며들기 어려운 것도 당연할 테다.

　하지만 역시 이유가 그것만은 아닌 듯하여 항상 찜찜해하며 고민하고 있다.

　최근에는 '인권'이라는 개념뿐 아니라 여기에 붙는 동사에도 문제가 있지 않을까, 라는 생각이 든다. '인권을 존중하다'에서 '존중' 부분에 들어갈 말이 좀 더 위기감을 담은 절실한 말이었으면 좋겠다.

　일본어에는 무언가를 자신보다 '위'에 두고 고마워하거나 우대하거나 공손한 태도를 취하거나 정중히 대하는 어휘가 많다. '존중'도 그에 속한다.

　그래서인지, 예를 들어 '어린이의 인권을 존중하자'는 이야기가 나오면 교육 관계자들 중에도 "아이들의 어리광을 받아주면 어른 말을 듣지 않게 된다"든가 "아이들을 꾸짖지 말라니, 그럴 순 없죠"라고 반응하는 사람들이 있다.

　"어린이의 인권을 존중하자"는 말이 어린이의 '비위를 맞춘다' 또는 '어리광을 받아준다'는 얕은 수준으로 받아들여지거나, '인권이란 사회에서 존중받는 사람만이 지니는 법(그러니 어린이에겐 아직 이르다!)'이라는 오해를 부르고 있는 것이다.

　딱히 어린이의 "어리광을 받아주자"는 것도, "비위를 맞추자"는 것도, "꾸짖지 말자"는 것도 아니다. 부모라도, 교사라도, 국가라도, 사회라도, 장관이라도 '절대로 침해해서는 안 되는 선'이 어린이에게 마땅히 있으니 그 선을 소중히 여기자는 것이 본래 '인권'의 뜻이라고 생각한다.

하지만 일본어에는 '절대로 침해해서는 안 되는 선을 지키자'라는 의미를 담은 말이 없는 것 같다. 가령 '어린이의 인권을 ○○하다'라는 문장에서 ○○에 딱 들어맞을 말이 (이런 글을 쓰고 있는 나에게도) 떠오르지 않는다.

따라서 어린이에 대해 '선을 지킨다'는 것이 구체적으로 무슨 뜻인지 이미지가 뚜렷하게 그려지지 않는 것이다.

'사회 안에 말이 없다'는 것은 이런 경우를 뜻하리라.

고발 운동에서 엿보는 '절대로 침해해서는 안 되는 선'

문학자인 내가 언뜻 보기에 완전히 다른 분야인 사회 운동(특히 장애인 운동)에 관심을 가지는 이유는, 이런 질문의 답을 찾는 데 필요한 힌트가 숨어 있기 때문이다.

'절대로 침해해서는 안 되는 선'이란 무엇인가?

그 선을 지킨다는 것은 무슨 뜻인가?

어떤 말로 호소해야 좋은가?

일찍이 장애인 운동가들은 그에 대해 필사적으로 고민해왔다.

그 지난한 투쟁의 역사 속에 '말 찾기'의 중요한 힌트가 있다고 생각한다.

이번에도 과거의 예를 하나 소개하겠다.

'후추치료교육센터 투쟁'이라는 운동이 있다. 장애인 운동사에서 유명하며, 장애인 시설 문제를 고발한 대단히 중요한 투쟁이다.

후추치료교육센터는 1968년 도쿄도 후추시에 설립되었다. 중증 지체 장애인, 지적 장애인, 정신 장애인을 대상으로 하는 도쿄도 최대 규모의 복합 시설(정원 4백 명)로, 당시 '동양 최고' 설비라 일컬어졌다.

문제의 발단은 1970년에 일어났다. 도쿄도가 입소자 일부를 다른 시설(하치오지시)로 옮기겠다고 독단적으로 결정한 것이다. 이에 대해 몇몇 입소자가 '유지자 그룹'을 만들어 도쿄도에 상황 설명과 센터 내 생활 환경 개선 등을 요구하면서 강제 이동 반대를 외쳤다.

당시 센터 입소자들은 칸막이가 없는 큰 방에서 집단 생활을 했기에 사생활이 전혀 보장되지 않았다. 면회는 가족에게만 월 1회 허락된 데다 화장실 가는 시간도 정해져 있어서 배설조차 자유롭게 할 수 없었고, 식사 시간이 되면 어찌 됐든 음식이 입에 떠넣어졌다. 사망 후 해부 승낙서에 서명하는 것이 입소 조건에 포함된 곳이었다.

'유지자 그룹'은 이러한 시설 운영 방식에 거세게 반대했다. 의사와 직원 들로부터 괴롭힘을 당하면서도 단식 투쟁을 벌이거나 도청사 앞에 텐트를 치고 1년 9개월이나 농성하는 등, 장렬한 반대 운동을 펼쳤다.

'유지자 그룹'은 센터 내 생활 환경 개선을 추구하며 42개 요구 사항을 도쿄도에 전달했다. 그중 몇 가지를 소개한다.

① 외출·외박 제한을 없앨 것

② 면회 제한을 없앨 것

③ 하루 일과를 입소자 스스로 정하게 할 것

⑤ 목욕 시에는 동성 보조인이 도울 것

⑥ 목욕 시간을 변경하고 주 2회 머리 감기를 허용할 것

⑦ 화장실 이용 시간 제한을 없앨 것

⑨ 자유롭게 개인 소지품을 반입할 수 있게 할 것

⑩ 밤에 잠옷으로 갈아입을 수 있게 하고 사복 착용을 허용할 것

⑪ 전관을 자유롭게 왕래할 수 있게 할 것(이하 생략)

이 항목들을 여러 번 읊조려보길 바란다. 그런 다음 이것들이 지나치게 큰 요구인지 생각해보길 바란다.

아마 당연하기 짝이 없는 요구라고 느끼는 사람이 많을 것이다. 하지만 그런 당연한 요구조차 받아들여지지 않는 곳이 이 시기의 시설이었다.

앞에서도 말했지만 이 시설은 당시 '동양 최고'라고 불렸다.

'당연한' 것이 없다는 두려움

'유지자 그룹'의 중심 인물로 미쓰이(결혼 전 성은 닛타) 기누코 씨(1945~)가 있다. 같은 센터에 입소해 있던 오빠 닛타 이사오 씨(1940~2013)와 함께 각자의 자리에서 투쟁했다.

미쓰이 기누코 씨의 요구 중 하나는, 동성 보조인이 목욕 및

용변을 돕게 해 달라는 것이었다. 당시에는 여성 장애인의 목욕 및 용변 보조를 남성 직원이 하기도 했다. 맨몸을 보이고 몸이 만져지고 때로 '장난'을 당하면서 여성들은 큰 충격을 받았다.

미쓰이 씨가 반발하며 목욕을 거부하면 의사와 직원 들은 부끄러워하면 일을 못 한다, 그럴 거면 목욕하지 마라, 때를 쓴다 같은 말을 던지며 괴롭혔다.

하지만 당시 센터에서 일했던 직원들 역시 자신이 목욕할 때 이성이 맨몸을 보거나 만지거나 나아가 모욕을 준다면 싫었을 것이다. 그렇다면 미쓰이 씨가 싫어하는 것도 당연하다.

다른 사람의 힘을 빌려야만 목욕할 수 있으니까 목욕만 시켜주면 무슨 짓을 당하더라도 괜찮은 것이 아니다.

너무 당연한 사실이지만 상대가 장애인이라는 이유만으로 그런 당연함을 내팽개치는 경우들이 있다.

시설에 반대하는 운동가들 중에는 실제로 시설 생활을 경험한 사람이 많다. 시설의 집단 처우 속에서 당연한 것을 당연하게 느끼는 감각이 사라져버리는 두려움을 몸소 체험한 사람이 적지 않은 것이다.

'후추치료교육센터 투쟁'이 한창이던 1972년, 미쓰이 씨는 다음과 같은 말을 남겼다.

우리는 인형이 아니다…… 우리는 인간이다.

《아사히 저널》, 1972년 11월 호.

말에 구원받는다는 것

대단히 단순하지만 강력한 말이다.

솔직히 말하면 나는 "장애인도 같은 인간이다"라는 주장을 그다지 신용하지 않는다.

"같은 인간"이라는 말은 속이 텅 비어 있거나 '같은 인간이니까 장애인도 사양할 줄 알아라'라는 발상으로 쉽게 전환되기 때문이다.

하지만 미쓰이 씨의 말에는 단단한 심이 있다. 인형이 아니라 인간이라고 호소한 미쓰이 씨의 말로부터 우리는 '절대로 침해해서는 안 되는 선이란 무엇인가'를 생각하고 배울 수 있다.

장애인 운동을 둘러싼 절망적인 오해 중 하나는 '자기들 비위를 맞춰 달라고 난리'라고 보는 오해다. 하지만 내가 아는 한 "장애인의 비위를 맞춰라"라고 요구하는 장애인 운동은 존재하지 않는다.

많은 운동가가 부르짖어온 것은 아주 당연하고 평범한 요구다. 이것을 빼앗기면 사는 기쁨조차 맛볼 수 없는, 그 선을 되찾겠다는 것이다.

이제까지 종종 소개해온 요코타 히로시 씨(푸른잔디회 가나가와현연합회)는 운동에서 '권리'라는 말을 거의 사용하지 않았다. '살아가는 것'은 당연한 일이고 '권리' 이전의 문제이기 때문이다.

미쓰이 씨의 말도, 요코타 씨의 말도, 자신들의 선을 지키려는 깊이를 가지고 있다.

장애가 있든, 병에 걸렸든, 나이가 어리든, 출신이 다르든, 누구에게나 절대로 침해받아서는 안 되는 선이 있다.

하지만 최근 들어 이 선을 난폭하게 침범하거나 약자들의 선이 확보한 폭을 멋대로 좁히려는 움직임이 보인다. 심지어 돈이나 권력, 영향력을 지닌 사람들이 이 선을 점점 더 가볍게 여기고 있다.

문학자로서 특히 유감스러운 점은, 꾸준히 문학을 지탱해온 전통 있는 출판사마저 이 선을 경시하는 말에 힘을 실어주고 있다는 점이다.[1]

이런 말이 내리쌓인 사회를 다음 세대(지금의 어린이들)에게 물려줄 것인가. 도저히 두고 볼 수 없다.

우리는 절대로 침해해서는 안 되는 선을 지키는 말을 서둘러 쌓아 올려야만 한다. 누군가의 선을 가볍게 여기는 사회는 결국 누구의 선도 지키지 못할 테니까.

참고: '후추치료교육센터 투쟁'에 대해서는 일본사회임상학회 편찬 《시설과 동네 사이에서―「함께 살아간다」는 것의 현재施設と街のはざまで―「共に生きる」ということの現在》(가게쇼보影書房, 1996)에 자세히 소개되어 있습니다. 또한 미쓰이 기누코 씨는 《저항의 증거―나는 인형이 아니다抵抗の証―私は人形じゃない》(「미쓰이 기누코 60년의 행보」편집위원회 라이프스테이션원스텝달팽이「三井絹子60年のあゆみ」編集委員会ライフステーションワンステップかたつむり, 2006)라는 훌륭한 저서를 썼습니다.

1)   신초샤가 발행한 월간지 《신초45》는 2018년 8월 호에 자민당 중의원 의원 스기타 미오의 글 〈'LGBT' 지원 수준이 도를 넘다〉를 게재하며 성적 소수자를 차별한다는 비난을 받았다. 게다가 그 후 10월 호에 이러한 비판에 정식으로 맞서는 듯한 특집 기사를 꾸려 더 큰 비판을 불렀다. 신초샤는 《편집상의 어려움이 발생해 기획의 엄밀한 검토와 원고 체크에 소홀했음은 부정할 수 없다》고 설명했으며, 1985년부터 발간된 해당 잡지는 《한없이 폐간에 가까운 휴간》에 이르게 되었다(참고 〈「신초45」휴간 발표, 스기타 미오 씨의 기고 문제로 비판「新潮45」の休刊を発表 杉田水脈氏の寄稿問題で批判〉《아사히 신문》온라인판 2018년 9월 25일, 조간 1면).

말에 구원받는다는 것

마음의 병의 '애당초론'

'애당초론'은 쓰기에 따라 독이 되기도, 약이 되기도 한다.

"애당초 생산성이 없는 사람에게 세금을 써봤자" 같은 주장에 쓰이면

사회가 경직되어 숨이 막힌다.

하지만 "애당초 생산성이란 게 뭔데!"라는 물음에 쓰이면

경직된 사회에 새로이 질문을 던지는 계기가 된다.

누군가를 사회에서 배제하기 위해서가 아니라,

누구든 사회에 머물 수 있도록 '애당초'를 사용해야 하는 것이다.

우리는 좀 더 적극적으로 '애당초론論'을 펼쳐야 한다. 정확하고 진지한 '애당초론'을 정립해야 한다. 이번에는 그에 대해 생각해보고자 한다.

경제적 어려움을 겪는 학생이 늘어나고 있다. 교단에 서는 사람으로서 이를 체감하며, 각종 조사 데이터에서도 여실히 드러나고 있다.

특히 '한부모 가정'의 빈곤은 심각하다. 빈곤도가 높은 학생은 예상치 못한 사건(가족의 질병, 실업, 인간관계 변화 등)이 일어났을 때 학업을 중단하는 경우가 흔하다. 학비와 생활비를 벌기 위해 상상을 초월할 정도로 많은 아르바이트를 하는 학생도 적지 않다.

어떤 사람이 일상을 유지하기 위해 수행해야만 하는 노력의 양에 '생활 부하負荷'라는 이름을 붙여보자. 오늘날 대학생(특히 한부모 가정이나 생활 곤궁 세대↘에 속하는 대학생)의 '생활 부하'는 사상 최대로 무거운 듯하다. 정치권은 시급히 효과적인 지원 대책을 강구해야 한다.

학생(젊은이)들이 짊어져야 하는 '생활 부하'의 심각함은, 어째서인지 위 세대에 좀처럼 전해지지 않아서 답답하다.

이런 이야기를 꺼내도 위 세대는 "대학생 때야 다들 돈이 없지. 나도 말이야~(이하 생략)" 하며 '쌉싸름한 어른의 추억(을 포함한 자랑)'으로 얼버무리거나, "젊어서 고생은 사서도 하는 거야!"라는 정신론을 주장하며 담배 연기가 간

> ↘
> '생활 곤궁 세대'를 정의하는 구체적인 기준은 없으나 일본의 '생활 곤궁자 자립 지원 제도'는 '현재는 생활보호 (기초생활)를 수급하고 있지 않지만 생활보호자 (기초생활수급자)가 될 우려가 있는 사람 중 자립 가능성이 있는 사람'을 지원 대상으로 한다.

접 흡연을 일으키듯 민폐를 끼치곤 한다.

만일 '생활 부하'를 수치화할 수 있다면(그러한 데이터를 수집해 처리할 능력이 나에게 있다면) 그딴 소리를 늘어놓는 기성세대와 오늘날의 젊은 세대를 비교해보고 싶다.

오늘날의 학생들이 직면한 경제적 궁핍은 이전 세대에서는 많은 이가 자연스럽게 향유한 미래를 빼앗고 있다. 학생들은 어른이 되어 쌉싸름한 추억으로 돌이켜볼 수 있는 학창 시절을 손에 넣기조차 어려울지도 모른다.

실태를 정확히 파악하기 위해서는 광범위한 조사와 정확한 데이터가 필요하다. 객관적인 지표에 근거해 부디 학생 지원 대책이 강구되길 바란다.

이렇게 적었지만 역시 다른 식으로도 생각해보고 싶다.

애당초 학비가 너무 무거운 부담을 주고 있는 것은 아닐까?

경제적인 문제에 대해서는 '객관적 지표'가 있어야만 사회에 주장할 수 있는 걸까?

'애당초론'이 기능하지 않는 사회는 숨막힌다

바쁜 사람들은 '애당초론'을 좋아하지 않는다. 아니, 오히려 싫어한다.

예를 들면, 내가 있는 교육 현장에서는 매일 예측 불가능한 사태가 연속으로 일어난다. 그 와중에도 최선을 다하는 상황이므로 '애당초~'로 시작하는 문제가 제기되면 "맞는 말이지만 지금 그런 말을 해봤자 소용없지 않나?"라는 반응이 나오곤 한다.

하지만 완전히 잘못된 방향으로 가지 않기 위해서는 '애당초론'이 필요하다. 이를 놓친 현장의 노력은 때로 허무할 정도로 빗나가고 만다(2020년 도쿄 올림픽 폭염 대책으로 '물 뿌리기'가 나왔을 때 절실하게 생각했다. 애당초 이렇게 더운 시기에 이렇게 더운 도시에서 올림픽을 열어야만 하는 걸까?).

'애당초론'은 쓰기에 따라 독이 되기도, 약이 되기도 한다. "애당초 생산성이 없는 사람에게 세금을 써봤자" 같은 주장에 쓰이면 사회가 경직되어 숨이 막힌다. 하지만 "애당초 생산성이란 게 뭔데!"라는 물음에 쓰이면 경직된 사회에 새로이 질문을 던지는 계기가 된다.

누군가를 사회에서 배제하기 위해서가 아니라, 누구든 사회에 머물 수 있도록 '애당초'를 사용해야 하는 것이다.

학비 문제도 그렇다. 애당초 '배움'은 인권과 관련이 있다. '교육받을 권리'는 헌법에도 쓰여 있다. '돈이 있는 사람만 배울 수 있다'니, 그런 일이 일어나서는 안 된다.

그러므로 올바른 '애당초'를 사용해 거듭 문제를 제기할 수 있는 사람이 일정 수 이상 존재하는 사회가 바람직하다고 본다.

올바른 '애당초론'을 펼칠 수 있는 사람은 근사하지 않은가. 이 책에서 여러 차례 소개한 요코타 히로시 씨는 그 대표 격이라고 할 수 있다.

'장애인은 불행하다', '장애는 노력해서 극복해야 한다' 같은 생각이 상식이었던 시대에 "장애인인 채로 살면 왜 안 돼?"라고 물은 것은 몇 번 생각해도 대단한 일이었다.

한편 요코타 씨처럼 단호하게 묻지 않고 부드럽게 '애당초'를 던질 수 있는 사람도 멋지다.

나는 취로계속지원就勞繼續支援 B형↘ 사업소 '하모니'(도쿄도 세타가야구)에서 만드는 환청망상 가루타↓ 시리즈를 좋아한다.

정신질환 중에는 환각이나 망상을 동반하는 질환이 있다. 과거에 정신과 의료 현장의 지침은 "환자는 환각이나 망상을 입 밖에 내서는 안 된다"는 것이었다. 하지만 이곳에서는 그러한 환각과 망상을 가루타로 만들어 다 함께 즐기는 놀이로 바꾸었다.

가끔 이 가루타를 꺼내 찬찬히 살펴볼 때마다 '사람은 저마다 다른 현실을 살아간다'는 사실을 재확인하곤 한다.

이불을 들추면 블랙홀
정신이 들면 토성이라니, 믿을 수 있어?

그런데 정신과에서 깨달음 이야기를 하면 입원하게 돼.

↘ 장애인이 일반 기업에 취업함에 있어 고용 계약 체결이 어려운 경우 직업 훈련 등의 형태로 일하고 대가를 받는 방식. A형은 계약을 맺는 형태이다.

↓ 가루타는 일본의 전통 카드놀이다. 글 카드와 그림 카드가 하나씩 짝을 이루고 있고, 진행자가 글 카드를 읽을 때 상응하는 그림 카드를 먼저 잡는 사람이 카드를 갖는다.

이렇게 카드를 읽다 보면 "내가 보는 현실만이 '보통'이고 '정상'이다"라고 말하는 일이 몹시 오만하게 여겨진다.

그리고 이런 의문이 떠오른다.

애당초 '마음의 병'이란 무엇인가?

그 병은 고쳐야만 하는가?

"마음의 병은 고치지 않으면 안 되는 것인가?"라고 쓰면, "마음의 병으로 고통받는 사람이나 치료 및 요양에 힘쓰고 있는 사람에게 실례다!"라고 화를 내는 분이 있을지도 모르겠다. 하지만 이런 '애당초론'의 소중함을 나에게 가르쳐준 사람들이 있다.

도쿄도 하치오지시에 자리한 정신과 전문 히라카와 병원. 이 병원 한구석에는 마치 미술 대학 같은 공간이 있다. 1995년부터 자리해온 «조형 교실»이다.

«조형 교실»은 정신과 병원에 입원한 환자, 통원 중인 환자, 전에 입원 또는 통원했던 사람들이 와서 그림을 그리거나 물건을 만드는 곳이다. 화구며 캔버스가 빼곡히 늘어서 있기 때문에 이 공간은 하나도 병원처럼 보이지 않는다. 자원 활동가와 학생들이 도우러 오거나 다른 사람들이 문득 들를 때도 많다.

나도 대학원생 시절에 여기에 다녔다. 창작 활동을 돕거나 돕는 척하거나 사람들 이야기를 듣거나 거꾸로 내 이야기를 들려주거나 틈을 봐서 낮잠을 자거나 하며 시간을 보냈다. 그때의 연구 성과(그것을 '연구'라고 부를 수 있다면……)를 모은 책이 있으니 관심 있는 분은 읽어봐주시면 좋겠다.[1]

이 «조형 교실»에서는 '달래다癒す'라는 표현이 자주 쓰인다. 1년에 한 번 정기적으로 열리는 명물 전시회의 제목도 「달램癒

---

1) 《살아가는 그림—아트가 사람을 '달랠' 때 生きていく絵—アートが人を〈癒す〉とき》, 아키쇼보 亜紀書房, 2013.

ㄴ」으로서의 자기 표현전'이다. 굳이 '치료하다'가 아니라 '달래다'라는 말을 쓰고 있는 점이 중요하다.

정신과 관계자 중에는 종종 "병은 치료하면 안 된다"라고 말하는 이들이 있다. 나는 처음 그 말을 들었을 때 약간 혼란에 빠졌지만, 지금은 어떤 감각에서 나온 말인지 잘 안다.

'마음의 병'에 대해 말할 때는 "치료하다"라는 표현에 신중해져야 한다.

'치료하다'는 '나쁜 부분을 제거한다'는 인상을 준다. 외과 수술이 필요한 병이나 항생 물질 또는 항바이러스제가 처방되는 병증의 경우, '치료한다'고 설명하면 이해하기 쉽다. 병의 원인인 '나쁜 것'을 제거하고 증상을 없애는 것이다.

그렇다면 '마음의 병'은 어떨까?

'마음'은 자신의 근간과 관련된 중요한 것이다. 하지만 대단히 모호하기도 하다. 그러므로 "마음의 병을 치료한다"고 하면 '자신의 마음에 있는 나쁜 부분을 제거하거나 교정한다'는 뜻이 되어, 자신을 부정하는 의미가 적잖이 들어가버린다.

즉, '마음의 병은 치료해야만 한다'는 사고방식에 치우치면 '치료되지 않는 나는 그른 존재인가'라는 생각을 품게 되면서 더욱더 자신을 부정하는 계기로 이어질 수 있다는 뜻이다.

더 나아가 '마음의 병'을 깊이 파고들면 '애당초 병든 것은 무엇인가?'라는 문제와 맞닥뜨린다.

예를 들어 어떤 사람이 형편없는 직장에서 괴롭힘 피해를 당했다고 해보자. 어떤 어린이가 학교에서 왕따를 당해 힘들어한다고 해보자. 일그러진 가족 관계(학대나 방치 등) 속에서 고생하는 사람이 있다고 해보자.

그런 사람이 몸과 마음이 상해 정신과 진료를 받는다고 해보자. 의사에게 진찰을 받은 뒤 입원하거나 요양하거나 약을 먹게될 것이다. 효과가 있어서 그때까지 힘들었던 증상(우울감 등)이가벼워진다.

하지만 그 사람을 괴롭게 했던 직장, 학교, 가족이 이전과 똑같은 상태라면?

그 사람은 계속 그 안에서 살아가야 한다면?

그래도 '나았다'고 할 수 있을까?

애당초 '마음의 병'이 생긴 것은 그 사람의 '마음' 때문일까?

그보다는 그 사람을 둘러싼 '환경'이 문제인 것은 아닐까?

병든 것은 주위의 인간관계나 환경이고 그 안에서 약자인 이를 통해 병이 터져나온 상황인 게 아닐까?

하지만 그런 상황은 개인의 힘으로는 어찌할 수 없지 않나?

그런데도 '마음의 병을 얻은 사람'은 "나약하다"든가 "야무지지 못하다"라는 말을 들어야 하는 걸까?

애당초 '누군가에게 바람직하지 못하다고 여겨지는 마음의 상태'를 가리켜 적당히 "마음의 병"이라고 부르는 것은 아닐까?

이 모든 것을 통틀어 '마음의 병'이란 대체 무엇일까?

그것이 '낫는다'는 것은 무슨 뜻일까?

히라카와 병원의 «조형 교실»은 의료 시설 내에 있으므로 그곳에서 벌어지는 활동도 밖에서는 '재활'이나 '예술 요법'처럼 보인다. 하지만 이 장소가 필요해서 들락거렸던 나에게는 아무래도 그런 생각이 들지 않았다. 더 근본적으로 '애당초「병들다」라는 것은 무엇일까'를 지극히 진지하게 생각해볼 수 있는 장소였다.

«조형 교실»이 중요하게 여기는 '달램'은 '치료'와 다르다.

'달래다'는 요즘 '힐링 붐癒しブーム↘'의 영향으로 '마음이 조금 편안해지는 것'이라는 의미로 사용되고 있지만 «조형 교실»의 '달래다'는 그와는 전혀 다르다.

예를 들어 자신의 힘으로는 도저히 어찌할 수 없는 고통스러운 상황에 놓인 사람이 있다고 하자. 더 '살아가기'를 포기하고 싶을 만큼 고달픈 상황이다.

하지만 스스로의 힘으로 자신을 지탱하며, 누군가의 도움을 받아, 무언가에 기대며, 어떻게든, 겨우겨우, 그럼에도 오늘이라는 하루를 살아냈다고 하자.

↘ '이야시癒し'는 1990년대 중반 일어난 이른바 '이야시(힐링) 붐' 이후 다양한 분야에서 쓰이는 표현으로 정착했다. 심리적 안정감을 주는 행위 또는 그러한 속성을 뜻한다.

'달래다'란 내 나름의 말로 번역하면 "어떻게든", "겨우겨우", "그럼에도"라고 되뇌일 때, 그 되뇌임에 깃든 기도에 가까운 느낌이다.

«조형 교실»에는 그런 생각을 예술에 담으려는 사람들이 모여 매일 도구를 쥔다. 무척

신기하고, 무척 멋진 공간이다.

애당초 우리에게는 '병에서 회복하는 것'을 가리키는 말이 "낫다" 정도밖에 없다. 하지만 "낫다"라는 말에는 '사회가 추구하는 표준체=건강한 상식인으로 돌아가는 일'이라는 뉘앙스가 포함되어 있어 아무래도 께름칙하다(애당초 낫지 않으면 사회에 참여해서는 안 되는 것일까?).

'병'을 지닌 사람들에게는 저마다의 드라마가 있다. 마찬가지로 '회복'에도 저마다의 드라마가 있다. 회복의 종류는 다양하다.

'증상이 깔끔하게 싹 사라진 완벽한' 회복이 있는가 하면 '증상은 없어지지 않았지만 전보다는 나아졌다'든가 '어찌저찌 지낼 수 있겠다'는 회복도 있다.

'몸은 움직일 수 없게 되었지만 운 좋게 새로운 인간관계가 생겼으니 뭐 나쁘진 않은가'라는 회복이 있는가 하면 '최악이었던 때와 비교하면 그럭저럭 괜찮다'는 회복도 있다. 이외에도 다양한 회복 상태가 존재할 것이다.

그렇다면 '회복'을 의미하는 말에도 변주나 그러데이션이 있으면 좋겠다. 회복의 말들이 더욱 풍부해지면 이 사회도 좀 더 온화하고 다정해질 것 같다.

살아 있다는 느낌이
죽어갈 때

이 글을 읽고 '오뎅 정도야 아무래도 상관없잖아'라고
생각하는 사람도 있을 것이다.
오뎅이 아무래도 좋은 것 취급을 받은 다음에는
무엇이 '아무래도 좋은 것'이 될까.

갓 내린 향기로운 커피를 마시고 싶다.
철마다 피어나는 예쁜 꽃을 보며 감탄하고 싶다.
날씨가 좋은 날에는 밖에 나가 기분 좋은 바람을 쐬고 싶다.
이런 일도 '아무래도 좋은 것'에 속하게 될지도 모른다.
'아무래도 좋은 것'이 쌓이고 쌓이다 보면
어느 틈에 살아가는 일도 '아무래도 좋은 것'이 되어버릴 것이다.

기초생활수급자가 조금 비싼 일용품을 사용한다.

가사와 육아에 지친 어머니가 예쁜 가게에서 점심을 먹으며 기분 전환을 한다.

지금 소셜 미디어 등에서는 이런 일에조차 비난을 퍼붓곤 해서 볼 때마다 마음이 무거워진다.

이런 비난 여론에 반론하면 '조금 비싼 일용품', '예쁜 가게에서 먹는 점심'의 필요성이나 비용 대비 효과를 설명하라는 요구가 돌아와 한층 더 침울해진다.

하지만 사람이 소소한 바람을 품는 데 논리나 이유가 필요할까. 필요성을 설명해서 세상으로부터 인정받지 못하면 '소소한 바람'조차 가질 수 없는 걸까.

이런 논조에 맞서 싸우기란 의외로 어렵다. '소소한 바람'은 '소소한' 만큼, 그것을 지키기 위해 싸우기보다 포기해버리는 편이 편하기 때문이다.

하지만 이런 작은 포기가 쌓이고 쌓인 사회는 앞으로 어떤 사회가 될까. 무언가 섬뜩한 일이 기다리고 있을 것 같다는 생각을 떨칠 수가 없다.

살아 있다는 느낌이 드는 일

내가 언젠가 한번쯤 써보고 싶은 관용 표현으로 "살아 있다는 느낌이 안 들어"가 있다. '숨이 멎을 만큼 두렵다'라는 의미인데 좀처럼 제대로 사용해보질 못했다. 그런 공포는 맛보고 싶지 않아서인지 이 말을 쓸 기회가 통 생기지 않은 것이다.

다만 나는 이 "살아 있다는 느낌"이라는 표현이 어쩐지 마음에 든다. '지금이라는 시간을 살고 있다'는 소소한 감각을, 그다지 힘들이지 않고 의식하게 만들기 때문이다.

더 나아가 "살아 있다는 느낌이 드는 일이야"라는 관용 표현이 존재하면 좋겠지만 지금으로서는 없는 듯하다. 그래도 말은 생물과 같으니 계속 사용하면 세상에 정착해 어느새 사전에 실릴지도 모른다.

'살아 있다는 감각'을 의식적으로 표현하려고 하면 '생의 기쁨을 향유하다'라든가 '내 몸에 흐르는 뜨거운 피'같이, 쓸데없이 혈기 왕성한 표현을 절로 떠올리게 된다.

하지만 '사는 것'은 많은 사람이 무의식적으로 하는 일이다. 항상 있는 일상의 일이다. 그래서 나는 '살아 있다는 감각'도 가능하면 힘을 빼고 표현하고 싶다.

그런 점에서 "살아 있다는 느낌이 드네"라는 말은 '생의 기쁨'이나 '뜨거운 피'보다는 작은 일에 울고 웃는 마음을 나타내는 말이라고 생각한다.

예를 들자면 '다진 오뎅에 화를 내는 마음' 비슷한 것.

이상한 예를 들었는데, 사실 여기에는 나의 개인적인 추억이 얽혀 있다. 실제로 다진 오뎅에 화를 낸 사람이 있었던 것이다. 장애인 운동가 하나다 슌초 씨(1925~2017)다.

슌초 씨(옛날에 이름으로 불러도 된다고 허락받았다)는 일본 장애인 운동의 원점과 같은 인물로, 내각부 장애인 시책추진본부 고문, 일본장애인협의회 부대표 같은 공직도 역임한 이 분야의 어른이었다. 직함은 딱딱했지만 인품은 온화했고, 중증 장애(뇌성마비 1종1급↘)가 있었지만 호기심과 행동력이 왕성했다. 다방면에서 재주가 많았던 저명한 하이쿠 시인이자 '장애인의 역사' 집필을 평생의 업으로 삼은 저술가였으며 한때는 대학에서 학생들을 가르치기도 했다. 아내를 사랑하는 남편, 아버지, 할아버지였던, 하여간 다면적인 인생을 살아간 사람이었다.

　나는 20대 후반에 약 4년간 슌초 씨의 개인 비서로 일했다. 개인 비서라고 하면 왠지 있어 보이지만 실은 '제자', '시중꾼', '심부름꾼'에 가까웠다. 슌초 씨가 어디를 가든 졸졸 따라다녔다.

　어느 날, 슌초 씨가 입소한 특별양호노인홈↘으로 찾아갔는데 평소와 분위기가 좀 달랐다. 왠지 기분이 별로 좋아 보이지 않았던 것이다. 그날 예정된 외출을 마치고 잡담을 하던 도중 슌초 씨는 이렇게 내뱉었다.

　다진 오뎅은 오뎅이 아니지.

　노인홈 식사로 다진 오뎅이 나온 것을 슌초 씨는 납득할 수 없었던 모양이다.

　평소 세상과 국가를 논하는 사람의 인간미 넘치는 일면을 엿본 듯해 나도 모르게 웃음이 터질 뻔했지만 확실히 진리의 핵심을 꿰뚫는 말이었다.

　그 후 우리는 단골 술집으로 몰려갔다. 모 유

↘
1종은 각종 지원을 받는 데 필요한 증명서에 해당하는 '신체장애인수첩'의 종류로서 일상생활에 지장을 주는 장애가 1종에 해당한다. 1급은 '신체장애인 장애 정도 등급표'에서 중증도가 가장 높은 등급이다.

↘
가정에서 돌보기 어려운 노인이 입소하여 생활 지원을 받을 수 있는 시설. 정해진 기준에 따라 입소 자격이 주어진다. 한국의 노인 요양원과 유사하다.

명 대학 근처의 대단히 저렴한 체인점이었다. 애용하는 전동 휠체어에 탄 슌초 씨도 커다란 장어 튀김 덮밥을 썩썩 해치웠다. 그 당시 슌초 씨의 연세는 분명 여든 하고도 몇이었다. 몇 살이 되어도 '맛있다', '즐겁다', '기쁘다'는 마음을 활짝 웃으며 드러내는 사람이었다.

돌봄 현장의 어려운 문제

노인홈 식사로 다진 오뎅이 나오게 된 사정에 대해 잠시 설명하겠다.

이 시설에서는 돌봄이 필요한 고령자들이 생활한다. 그중에는 이가 좋지 않은 사람, 음식을 삼키는 힘이 약해진 사람이 많다. 그래서 시설은 재료를 잘게 다지거나 삼키기 편하게 걸쭉하게 만드는 등, 쉽게 먹을 수 있는 방법을 궁리해서 요리한다. 슌초 씨가 받은 오뎅도 그런 이유로 다져졌을 것이다.

그러나 부들부들한 오뎅을 베어 먹는 맛을 즐기고 싶은 것도 인지상정이다. 오랫동안 시설에서 생활하면 일상이 단조로워진다. 늘 비슷하게 흘러가는 나날 속에서 식사는 소중한 이벤트이므로 나름대로 즐기고 싶은 사람이 있는 것도 당연하다.

하지만 입주자 중에는 치매가 진행되었거나 거동이 자유롭지 못한 사람도 있다. 직원이 식사를 돕지 못할 때도 있다. 애초에 음식이 기도로 잘못 들어갈 가능성을 우려해야 한다는 건 돌봄 현장의 기본 중의 기본 상식이다.

물론 이가 튼튼한 사람도 있고, 그런 사람은 평소 어느 정도 단단한 음식을 먹지 않으면 저작·연하 기능이 금세 쇠퇴해버린다. 따라서 일상생활에서 사소한 활동을 반복하며 신체 기능을 유지하는 일은 중요하다.

이와 같이 '오뎅을 다져야 하는가'에 대한 찬반 이유를 머릿속에 떠오른 대로 써보았다. 하지만 실은 좀처럼 해결하기 어려운 문제이다.

"반찬을 다지면 맛이 없어요"라는 입주자에게 직원은 "그런 말씀 마시고 그냥 드세요"라고 대응한다. 이런 실랑이는 여러 시설에서 벌어지고 있을 것이다.

직원은 불의의 사고를 막기 위해 반찬을 다지겠지만, 입주자가 따뜻한 음식을 맛있게 먹고 싶어 하는 것도 당연한 욕구이다. 양측의 생각 자체는 아주 잘 이해된다.

물론 원칙적으로는 입주자 한 명 한 명에 맞춰 각각의 오뎅을 다지거나 다지지 않는 것이 좋다. 하지만 입주자들의 저작·연하 기능이 각각 어느 정도인지 세심히 관찰하고 적절히 대응할 여유가 없는 시설이 많다.

게다가 일손 부족이 심각한 시설이라면 '한 명 한 명 정성껏 대하는' 태도가 중요한 이념임을 알지만 현실적으로는 실천하는 데 어려움을 겪고 있을 수 있다. 입주자의 안전을 책임지는 직원은 절대로 사고가 일어나도록 내버려둘 수 없기에 약간 과하다 싶을 만큼 예방 조치를 취하기도 한다.

결국 만약을 위해 오뎅을 다지게 된다. 일단 전부 다지면 식사를 구별해서 내는 수고를 덜 수 있고, 식사를 잘못 낸 탓에 예상 밖의 사고가 발생할 가능성도 낮아진다.

하지만 이러한 앞선 배려나 거듭되는 예방 조치 때문에 당사자는 기분이 상하기도 한다. 한 명의 인간 '○○ 씨'가 아니라 '주의가 필요한 고령자'로 묶여 취급받는 것에 거부감을 느끼는 사람도 있다.

슌초 씨는 특히나 '자신의 의사'를 소중하게 여기는 사람이었으므로 '먹을 수 있을지 없을지는 스스로 판단하게 해주면 좋겠다'고 생각했을 터다. 그래도 슌초 씨는 백전노장 운동가였고, 할 말은 하더라도 정신없이 바쁜 현장 직원들을 몰아붙이는 사람은 아니었다. 도리어 간호·돌봄 인력을 둘러싼 심각한 사회 문제(일손 부족, 장시간 노동, 저임금)를 근심하며 직원들을 소중히 여겼고 직원들도 슌초 씨를 따랐다.

하지만 먹고 싶은 것은 역시 먹고 싶었으리라. 그러니 나 같은 '제자'를 끌고 "마시러 가자!" 하며 시름을 달랬을 것이다.

'어쩔 수 없다'가 단념시키는 것

'맛있는 것을 맛있게 먹고 싶다'는 마음은 정말로 소소한 욕구다. '살아 있다는 느낌이 든다'는 것은 바로 이런 욕구가 충족되었을 때 느끼는 감각일 것이다.

하지만 때로 세상은 이런 감각조차 제한하려고 한다.

스스로 할 수 없으니까.

만약의 경우가 생길까 봐 걱정되니까.

남의 도움을 받아야 하는 처지니까.

그러니 '오뎅'을 다지는 것도 어쩔 수 없다.

이런 식으로.

그리고 대다수는 이럴 때 '포기하는 사람'을 "사려 깊다"느니 "염치 있다"느니 하며 높이 평가하게 마련이다.

'포기'하면 확실히 집단 생활이 원활해지고 보호자나 관리자가 곤란해질 일이 줄어든다. 하지만 한 번 강요된 '포기'는 더 큰 '포기'를 유발한다.

이 글을 읽고 '오뎅 정도야 아무래도 상관없잖아'라고 생각하는 사람도 있을 것이다. 오뎅이 아무래도 좋은 것 취급을 받은 다음에는 무엇이 '아무래도 좋은 것'이 될까. 오뎅에 이어 무언가가 '아무래도 좋은 것' 취급을 받을 게 틀림없다.

갓 내린 향기로운 커피를 마시고 싶다.

철마다 피어나는 예쁜 꽃을 보며 감탄하고 싶다.

날씨가 좋은 날에는 밖에 나가 기분 좋은 바람을 쐬고 싶다.

이런 일도 '아무래도 좋은 것'에 속하게 될지도 모른다. '아무래도 좋은 것'이 쌓이고 쌓이다 보면 어느 틈에 살아가는 일도 '아무래도 좋은 것'이 되어버릴 것이다.

그래도 그렇지, 비약이 심해, 라고 생각할지도 모르겠다. 하지만 슌초 씨는 다이쇼 시대↘에 태어났다. 제2차 세계대전 전후의 동란을 겪고 이 나라와 사회가 장애인을 어떻게 대하는지 직접 눈으로 봐온 사람이다.

장애인은 무언가를 바라기만 해도 반항적으   1912~1926년.

로 여겨질 때가 있다. '살아 있다는 느낌'을 음미하는 것조차 투쟁이 된다. 차별과 억압은, 아무 일 없는 일상이라는 무대 위에서 극히 평범한 '살아 있다는 느낌'을 희생시킨다. 슌초 씨는 그런 현실을 뼛속까지 잘 알고 있었다.

그래서 나는 "다진 오뎅은 오뎅이 아니지"라는 한마디를 도저히 단순한 불평이나 투정으로 넘길 수 없는 것이다.

역시 그 한마디는 일종의 저항의 말이었을 것이다. 자신의 내면에서 '살아 있다는 느낌'이 깎여나가지 않게 하기 위한 저항의 말. 슌초 씨가 어떤 것에도 구애받지 않고 초연하게 '저항하는 말'을 입 밖에 내올 수 있었던 것은 그만큼 '삶'과 '투쟁' 사이의 거리가 가까웠다는 증거이리라.

서두에 썼듯이 요즘 세태는 소소한 바람에도 엄니를 드러내듯이 살벌하다. 전쟁을 겪은 슌초 씨가 안다면 분명 맹렬히 화를 낼 것이다. 몸뻬를 입지 않았다는 이유만으로 '비국민'으로 매도되고↘ '사치는 적이다'라는 슬로건이 거리에 넘쳐나던 그 시대와 다를 게 없지 않은가. 아마 그렇게 말하며 불같이 화를 내리라. "비국민", "사치는 적이다" 같은 소리를 내뱉는 사람들의 입에서 "(장애인은) 밥벌레", "살아 있는 것만으로도 사치" 같은 말도 나왔으니까.

이렇게 '살아 있다는 느낌'을 깎아내는 말이 넘쳐나면 사회는 어떻게 되어갈까. 그런 사회에서는 결코 살아 있다는 느낌이 들지 않을 것이다.

↘ 여성을 방공 훈련에 동원하기 위해 움직이기 불편한 기모노 대신 농촌 활동복이었던 몸뻬 착용을 강요했다.

말에 구원받는다는 것

살아가는 데 사양이
필요 있을까?

"누구나 자기 나름대로 사양하고 있으니

장애인도 약자라는 이름 뒤에 안주하지 말고 더욱 사양해야 한다."

지금도 이렇게 주장하는 사람들이 있다.

인터넷상에서도 비슷한 글을 자주 본다.

하지만 이 세상의 '사양 압력'은 모든 사람에게 균일하게 가해지지 않는다.

어딘가를, 누군가를 더욱 무겁게 짓누르고 있다.

어딘지 석연치 않은 표현으로 "사양 말고"가 있다.

상사나 선배에게서 듣기도 하고 친구끼리 서로 말하기도 하는, 흔하디 흔한 표현이지만 냉정하게 생각해보면 뭔가 이상하다.

'사양'이라는 것은 '자발적'으로 하기보다 '강요받아' 하는 경우가 많은 것 같아서이다.

"누가 강요하는가?"라고 물으면 답하기 어렵다. '바로 그때 눈앞에 있는 사람'일 수도 있고 더 넓게는 '사람은 사양하는 것이 바람직하다', '지나친 행동은 상스럽다'고 여기는 문화와 풍조라고도 할 수 있으니, 명확한 상대를 지명하기는 어렵다.

그래도 '사양'은 대체로 적극적으로 '하는' 것이라기보다는 어떠한 압력이 '시키는' 것이라고 생각한다.

누군가로 하여금 사양하게 만드는 유·무형의 힘을 나는 '사양 압력'이라고 부른다. 보통은 그다지 큰 스트레스를 주지 않고, 좀 불쾌하다 해도 적당히 넘기면 그만이지만, 특정한 사람들에게는 그 힘이 맹위를 떨친다.

그 사실을 가르쳐준 것은 앞에서도 소개한 하나다 슌초 씨(뇌성마비인, 문필가, 장애인 운동가)의 하이쿠였다.

첫 까마귀 "살아가는 데 사양이 필요 있는가"

하나다 슌초 하이쿠집 《희우 시시각각喜雨 時時刻々》, 분가쿠노모리 샤 文學の森社, 2007.

이 하이쿠에 대해 잠시 해설해보겠다.

«첫 까마귀»는 '새해 첫날 아침'을 뜻하는 계어季語이다. 계어

란 '계절을 상징하는 표현'으로, 하이쿠에는 계어를 넣어야 한다는 규칙이 있다.

원래 까마귀는 계어에 포함되지 않는다. 1년 내내 어디서나 볼 수 있기 때문이다. 하지만 경사스러운 새해 첫날의 까마귀만 승격되어 계어로 인정받았다.

단 시간이 '새해 첫날 아침'으로 한정된다. 평소 거리에서 활개치는 까마귀도 하이쿠의 세계에서는 눈치를 봐야 한다.

애물단지 취급을 당하곤 하는 까마귀가 계어 대접을 받는 새해 첫날 아침의 울음. 이 하이쿠는 그런 까마귀의 깍 소리를 《살아가는 데 사양이 필요 있는가》라는 인간의 말로 번역하고 있는 것이다.

뻔뻔하고 강해 보이는 까마귀지만 강한 척하는 이면으로부터 일말의 외로움이 비쳐 보인다. 자칭 '청개구리'였던 반골 하이쿠 시인 하나다 슌초에 걸맞은 한 수이지 않은가.

그런데 이 《살아가는 데 사양이 필요 있는가》라는 구절에서 나는 뭐라 형언할 수 없는 무게를 느낀다. 삶을 사양하라고 강요받은 경험이 없으면 떠올릴 수 없는 표현이기 때문이다.

지금 이 문장을 읽는 당신은 '삶'을 사양하라고 강요받은 적이 있는가. '사양 압력' 때문에 목숨을 잃을지도 모른다는 공포를 느낀 적이 있는가.

이 하이쿠를 읊은 슌초 씨는 그것을 경험한 사람이었다.

'사람' 대접을 받지 못한 사람들

순초 씨는 1925년에 태어났다. 2017년에 세상을 떠날 때까지 현역으로 활동한, 장애인 운동계의 웃어른이었다.

1947년, 순초 씨는 《동 틀 녘しののめ》이라는 동인지를 창간했다. 장애인들이 직접 편집하고 발행한 획기적인 잡지였다.

당시 장애인이 있는 집에서는 장애인의 존재를 감추는 일이 많았다. 집 안 깊숙이 있는 '자시키로座敷牢'↘ 같은 곳에 감금하기도 했다. 따라서 장애인들이 서로 만나기란 지금 우리의 상상보다 어려운 일이었다.

그런 시대에 순초 씨는 잡지를 통해 장애인 사이의 만남을 이끌어냈다. 이와 같은 견실한 활동을 바탕으로 그 유명한 푸른잔디회(제5화 참조)도 탄생했다.

나는 순초 씨의 사설 비서(심부름꾼)처럼 일하면서 어린 시절 이야기를 종종 들었다.

순초 씨가 어렸을 때의 일이다. 눈이 날리는 추운 날, 평소처럼 학교에 가는데 주변 분위기가 아무래도 이상했다. 총을 멘 병사들이 허둥지둥 뛰어다니고 있었다. 학교에 도착하자 선생님은 "어서 돌아가라"라고 지시했다. 아마 청년 장교들의 쿠데타 '2·26 사건'(1936년)↓이 일어난 날이었던 모양이다.

순초 씨는 장애아를 위해 설립된 도쿄시립 고메학교(현재의 도쿄도립고메학원의 전신이다)에 다녔다. 학교가 위치한 아자부에는 이 사건에

↘ 과거 큰 저택 등에 마련되었던 사적 감금 시설.

↓ 군부 내 주도권을 둘러싸고 청년 장교들이 일으킨 쿠데타. 미수로 끝났다.

관여한 보병 제3연대의 막사가 있었다.

이 처참한 사건 전후로 그때까지 비교적 평온했던 고메학교에도 고난의 시대가 닥쳤다. 아시아·태평양전쟁이 터지자 그렇지 않아도 입지가 좁았던 장애인들은 병력이나 노동력을 제공할 수 없다는 이유로 '사람' 대접을 받지 못하게 되었다.

당시 고메학교 교장이었던 마쓰모토 야스히라 선생은 장애아동 교육에 인생을 건 훌륭한 인물이었다. 하지만 마쓰모토 교장도 시찰하러 나온 교육 관계자들로부터 '비국민'이라는 힐난을 받았다. 국가 비상시에 장애아에게 이렇게 수고를 들이다니 무슨 짓이냐고 문책을 받았던 것이다.[1]

학교 교사가 장애아를 성심성의껏 대했다는 이유만으로 '비국민' 취급을 받았다. 그런 분위기 속에서 당사자인 장애아들을 보는 시선은 어땠을까. 불 보듯 뻔하다.

전쟁 말기에 고메학교 아이들은 나가노현의 가미야마다 온천으로 옮겨졌다. 군부가 이 소개지疎開地에 청산가리를 보냈다는 이야기가 전해진다. 당연히 만약의 경우에 대비한 '처치용'이었다.

마쓰모토 교장은 이 청산가리 에피소드를 부정했지만, 소개 경험자들 사이에서는 진짜로 일어났던 일로 전해져왔다. 당시 고메학교를 졸업하고 가루이자와로 보내진 슌초 씨도 여러 동료에게서 그 이야기를 들었고 사실임이 틀림없다고 확신했다.

---

1) 장애인의 태평양전쟁을 기록하는 모임(대표: 니키 에쓰코) 편찬 《또 하나의 태평양전쟁》(릿푸쇼보, 1981) 참조.

말에 구원받는다는 것

'악마와 짐승 같은 미국과 영국鬼畜米英', '격퇴할 때까지 계속 싸워라' 같은 사나운 구호들이 쏟아져나오는 동안 그 틈새에서 장애인들은 '밥벌레', '비국민'이라고 욕을 먹었다. 적을 욕하는 사회는 우리 편에게도 잔혹해진다. 마쓰모토 교장을 힐난한 교육자들처럼 '쓸모없는 사람'에게 뭇매를 퍼붓는 일을 '애국 표현'이라고 착각하는 사람들이 나온다.

이 일화를 떠올릴 때마다 가장 안이하고 질 나쁜, 소위 '애국 표현'은 그 자리의 분위기를 등에 업고 반격하지 못하는 약자를 힐난하는 행위임을 통감한다.

그런 시대에 장애인들은 얼마나 자주 '사양'을 강요당했을까. 슌초 씨는 그것을 온몸으로 겪은 사람이었다.

가장 가까운 적은 부모?

'2·26 사건'을 언급하다 보니 전쟁 중이라는 상황이 강조되고 말았다. 하지만 극단적인 사회 상황 속에서 '사양 압력'도 극단적인 형태로 표면화된 것일 뿐, 장애인이 '살기를 사양'하도록 강요당하는 예는 언제 어디에서나 볼 수 있다.

물론 '사양'에도 여러 종류가 있다. 세상이며 나라 같은 막연한 대상을 향한 사양도 있고 가족·친구·생활 보조원처럼 구체적인 개인을 대상으로 하는 사양도 있다.

장애나 병의 여부 또는 남녀노소에 관계없이 조금도 '사양'하지 않고 사는 사람은 현실적으로 거의 없을 것이다. 모두가 어던가에서, 누군가와의 사이에서 '사양'한다.

    그러나 장애인이나 환자는 때로 '사양'하면서 목숨을 걸어야한다. 일상생활의 많은 상황에서 다른 사람의 손을 빌려야 하기에 생활 보조원과의 관계에 따라서는 '밥 먹고 싶다', '화장실에가고 싶다' 같은 욕구조차 '사양'하고 만다.

    이 책에서 여러 번 소개한 장애인 운동가 요코타 히로시 씨도본가에서 가족 돌봄의 한계를 느끼고 그 심정을 시로 표현했다.

산다는 것/ 생존한다는 것 또는 식사한다는 것/ 그런 간단한 일을
고통으로 느껴야만 하는/ 그런 생활은 싫습니다/ 이제 질색입니다

〈늙은 아버지에게 老いた父に〉(부분 인용), 《동 틀 녘》 1965년 1월호.

    요코타 씨는 가족(아버지)에게 《이제 질색입니다》라고 말할수 있었지만, 그렇게 말할 수 없는 사람도 있었다. 요코타 씨와같은 장애(뇌성마비)를 가졌던 어떤 남성은 다음과 같은 시를 지었다.

어머니/ 불구인 아들을 업고/ 좁고 가파른 계단을/ 허덕이며 기어
오르는 어머니/ 나를 미워하십시오/ 당신의 지치디 지친 몸에/ 눈
물 흘리며 매달려 있는/ 이런 나를 미워하십시오

히쿠타 유고, 〈어머니에게 母にむかいて〉(부분 인용), 《동 틀 녘》 1970년 12월호.

    이 시가 발표되었던 시대에 장애인 돌봄은 주로 가족이 떠맡았다(지금도 그래야 한다고 생각하는 사람이 많다). 사회·세상·타인

에게 폐를 끼치지 않도록 가족이 묵묵히 맡는 이야기들이 미담으로 여겨졌다(지금도 뿌리 깊이 자리한 사고방식이다).

하지만 그러한 '사양'이 돌고 돌아, 쌓이고 쌓여, 장애인 본인을 궁지에 몰아넣는다. 결과적으로 이 시에서는 자신을 돌보는 어머니에 대한 죄책감에 몸부림치다가 결국 《나를 미워하십시오》라고 호소하기에 이르고 만다.

일본의 일부 장애인 운동가들은 "가장 가까운 적은 부모"라고 주장하기도 했다. 장애인의 부모는 '우리 아이가 세상에 폐를 끼쳐서는 안 된다'는 생각에 사로잡혀 자식을 혼자 책임지려고 한다. 더 나아가 '이 아이를 남겨두고 죽을 순 없다'는 의무감에 빠져 장애아 살해 또는 자녀 살해 후 부모 자살이라는 최악의 결말에 이르기도 한다.

이러한 폐쇄적인 감각에서 빠져나오지 않으면 부모도, 장애인도 살아갈 수 없다. 요코타 씨의 동지였던 요코즈카 고이치 씨(1935~1978)도 다음과 같은 말을 남겼다.

> 울면서도 불효를 사죄하면서도, 부모의 편애를 걷어차야만 하는 것이 우리의 숙명이다.
>
> 《어머니! 죽이지 마세요母よ!殺すな》, 스즈사와쇼텐すずさわ書店, 1975.

남녀에 따라 다른 '사양 압력'의 무게

장애인 중에서도 특히 무거운 '사양 압력'에 짓눌리는 사람들이 있다. 여성, 외국인, 빈곤층 등이다.

과거 여성 장애인들은 자궁 적출 수술을 강요받기도 했다. 월경 시 돌봄에 드는 수고를 줄이자는 것이 주된 이유였다. 생리 현상까지 '사양'하도록 강요한 예라고 할 수 있다.

실제로 적출 수술을 받은 어느 여성(뇌성마비인)은 다음과 같은 단카短歌↘를 남겼다.

멘스 없애는 수술을 받으라고 간호사는 가벼운 말투로 재촉한다
여자 따위로 태어난 까닭에 서글픔을 안고 자궁 적출 수술을 받는다
오사다 후미코,《치유할 수 없는 몸의 癒ゆるなき身の》, 동틀녘발행소東雲発行所, 1961.

《여자 따위로》에서 《따위로》의 어감이 슬프다. 여성들이 여성으로 태어난 것을 슬퍼하는 사회에는 극심한 여성 차별이 존재한다.

분명 이 여성도 '여자답게 폐 끼치지 말고 조신하게 삼가며 살라'는 '사양 압력'에 짓눌렸을 것이다. 그런 한편으로는, 자궁 적출이라는 방식으로 '여성이라는 사실'을 부정당했을 것이다. 이렇게 '찢어져 분열되는 아픔'이 이 짧은 시에 응축되어 있다.

'사양'은 경우에 따라서는 죽음까지 부른다. 마지막으로 예를 하나 더 들겠다.

ALS(근위축성측색경화증 또는 루게릭병)라는 난치병이 있다. 병이 진행될수록 몸이 점점 굳어서 결국에는 전혀 움직일 수 없게 된다. 자발 호흡이 불가능해지므로 인공호흡 장치를 부착해야 생명 유지가 ↘ 일본의 전통 정형시로, 5구 31음절로 이루어진다.

말에 구원받는다는 것

가능하며 24시간 간병받아야 한다(이런 상황에서도 자기답게 세상을 살아가는 사람이 잔뜩 있다. 여러분이 이를 알아두면 좋겠다).

그런데 이 인공호흡기 장착율이 성별에 따라 다르다는 보고가 있다. 남성 장착율은 높고 여성 장착율은 낮다는 것이다.[2] 이런 현상에서도 나는 여성을 무겁게 내리누르는 '사양 압력'을 느낀다.

'사양'이 누군가를 죽일 때

세상에는 '죽음에 이르는 사양'이 있고 '죽음으로 이끄는 사양 압력'이 있다.

슌초 씨 세대 장애인의 뇌리에는 무슨 일이든 '사양해야 한다'는 가르침이 철저히 박혀 있었다. 목숨이 위태롭더라도 '사양하는 것이 도리'라고 배웠다. 일본 장애인 운동이 가장 먼저 맞서 싸운 상대는 바로 그러한 '사양 압력'이었다.

그러므로 «살아가는 데 사양이 필요 있는가»라는 구절은 장애인 운동의 진수라고도 일컬어진다.

"누구나 자기 나름대로 사양하고 있으니 장애인도 약자라는 이름 뒤에 안주하지 말고 더욱 사양해야 한다."

지금도 이렇게 주장하는 사람들이 있다. 인터넷상에서도 비

---

2) 사카이 미와, 〈ALS 환자들의 젠더와 인공호흡기 선택에 대하여 ALS 患者におけるジェンダーと人工呼吸器の選択について〉, 《Core ethics》 No. 8, 2012.

숫한 글을 자주 본다.

하지만 이 세상의 '사양 압력'은 모든 사람에게 균일하게 가해지지 않는다. 어딘가를, 누군가를 더욱 무겁게 짓누르고 있다.

자신이 살아가는 사회에 '삶' 자체를 '사양'하도록 강요받는 사람들이 있음을 상상해보자. '사양 압력'이 때로는 사람을 죽일 수도 있음을 상상해보자.

어느 정도의 '사양'은 미덕이 맞을지도 모르지만, 누군가에게 '목숨이 걸린 사양을 강제하는 것'은 폭력이다. 그런데 많은 사람이 '사양하다가 사람이 죽는다'고 생각하지 않는다. 하지만 소수자·약자에게 '사양이 부른 죽음'은 현실이 될 수 있는 공포다 (실제로 기초생활수급자들에게 일어나고 있는 일이다).

안타깝지만 아무리 거듭 말해도 '그런 상상은 할 수 없고 하고 싶지도 않다'는 사람들이 있다. 그들을 대할 때마다 장애인 운동가들이 싸워온, '남 일로만 치부하는 다수의 감각'이라는 벽이 얼마나 두터운지 느껴져 정신이 아득해진다.

'서로 입 다물리기'의 연쇄를 끊어야 할 때

여성이 성폭력을 당해도 '자기 책임.'

불안정한 고용 형태로 노동할 수밖에 없어도 '자기 책임.'

병에 걸려도 '자기 책임.'

빈곤층으로 떨어진 것도 '자기 책임.'

일과 육아를 병행하느라 힘들어도 '자기 책임.'

사원 인권 침해가 횡행하는 기업에 들어간 것도 '자기 책임.'

노후를 준비하지 못했어도 '자기 책임.'

얼마 전, 장을 본 뒤 자전거를 타고 집으로 돌아가는 길에 근처 공원을 지나다 겪은 일이다.

종종 마주쳐 낯이 익은 아이(초등학교 3, 4학년쯤?)가 공원 관리실 현관의 기둥을 기어오르고 있었다. 신체 능력이 유달리 좋은 아이인 듯, 그대로 지붕까지 올라갈 기세라 신경이 쓰였다. 그래서 "얘야, 위험하니까 그만 올라가렴" 하고 말을 걸었다가 당사자로부터 돌아온 말에 놀라고 말았다.

"괜찮아요. 다쳐도 자기 책임이니까요."

이제 열 살이 되었을까 말까 한 아이의 입에서 다쳐도(다칠 위험이 있어도) "자기 책임"이라는 말이 나오다니, 정말로 다리 힘이 풀릴 것 같았다. 아마 부모님이 "다쳐도 자기 책임"이라고 가르쳤나 보다.

남의 집 가정 교육 방침에 이러쿵저러쿵하는 게 그다지 훌륭한 행동은 아니라고 생각하면서도 "다쳐도 자기 책임이 맞긴 하지만, 그런다고 다친 게 낫는 건 아니잖니"라고 덧붙였다. 그래도 왠지 찜찜함이 남았다.

물론 어린이는 몸과 마음에 상처를 입으면서 자라는 법이고, 나도 '안 다칠 것 같은 놀이는 어쩐지 재미없다'고 생각하는 소년이었기에 약간의 위험 요소는 필요하다고 본다(지금도 내 왼손목에는 칼에 푹 베였던 흉터가 남아 있다).

하지만 어린이가 위험한 일을 하다 다치는 것이 그 아이의 '자기 책임'인가?

아이가 위험한 일을 하고 있을 때 주의를 기울이고 말을 거는 것이 '어른의 책임' 아닐까?

어디까지가 허용되는 범위이고, 넘으면 안 되는 선은 어디서부터 시작되는 것일까?

이런 건 어른이 확실히 가르쳐줘야 하지 않을까?

이렇게 중얼중얼 혼잣말을 하면서 자전거를 타고 돌아왔다.

그러나저러나, 그 아이는 어떻게 그리 똑 부러지게 "괜찮아요. 다쳐도 자기 책임이니까요"라고 단언했던 것일까. 묘하게 힘이 들어가 있었던 목소리가 몹시도 마음에 걸렸다.

이는 나의 억측에 불과하지만 아이의 머릿속에서는 일종의 논리 전환이 일어났을지도 모른다. 부모가 아이에게 "다쳐도 자기 책임"이라고 말하는 것은 '네가 다쳐도 부모는 문제로 삼지 않겠다'라는 뜻인데, 아이는 '다쳐도 문제는 되지 않는다'고 받아들였을지도 모르고, 어쩌면 '다쳐도 문제(아픔이나 후유증)는 일어나지 않는다'라는 뜻으로 받아들였을지도 모른다.

아이는 자신의 상처나 아픔보다 부모의 감정과 기분을 더 중요시하기도 하니 그런 전환이 일어날 수도 있겠다…… 고 생각하자 더더욱 찜찜함이 가시질 않았다.

지금 돌이켜보아도 역시 아이가 하는 일과 어른은 완전히 무관할 수 없다. 만일 아이가 위험한 일을 하다가 다쳤다면 우리 어른들은 어떻게 생각해야 할까. 위험할지도 모른다고 미리 제대로 설명했는가. 아직은 지켜봐야 하는데도 눈을 뗀 것은 아닌가. 어른에게 돌아오는 책임이 어느 정도 있고, 있어도 되고, 있어야 한다고 생각한다.

'자기 책임'이라는 말은 '나에게 속한 책임'을 조금도 인정하지 않겠다는 냉정함을 내포한다. 애당초 아이에게 모든 책임을 지워도 정말로 괜찮은 걸까…….

그렇다 해도 '자기 책임'이라는 말이 이제 아이들 놀이터까지 침투했다니…….

'자기 책임'이라는 말의 섬뜩함

사회 문제를 생각하는 문학자로서 지금 내가 가장 높은 수준으로 경계하는 말 중 하나가 '자기 책임'이다.

이 말은 예전부터 종종 쓰여 왔지만 지금과 같은 형태로, 지금처럼 빈번하게 사용되기 시작한 계기는 2004년 '이라크 일본인 인질 사건'이다.

일본인이 이라크 무장 세력에 인질로 붙잡혔고 막대한 비용과 노력이 들어간 끝에 구출되었다. '자신의 의지'로 위험 지대로 향한 당사자에게 비난이 쏟아졌다.

특히 정부 요인과 국회의원 들이 그러한 요지의 발언을 했고, 일반인들도 그에 편승하여 맹렬한 공격을 퍼부었다.

결과적으로 '자기 책임'이라는 말은 같은 해 '유행어 대상'→ 상위 10위 안에 들 정도로 널리 쓰였다. 당시의 전반적인 상황은 이러했다고 기억한다.

최근에 시리아에서 인질로 붙잡힌 저널리스트 야스다 준페이 씨가 석방되었을 때도 이 말이 난무했다.

→
정식 명칭은 유캔 신어·유행어 대상. 지유코쿠민自由国民 출판사가 독자 설문을 통해 후보를 모으면 선고위원회가 심사를 거쳐 상위 1~10위와 대상을 선정한다.

이미 많은 식자가 '자기 책임론'의 위험성과 오류를 지적하고 있다. 나도 2004년부터 이 말이 묘하게 섬뜩했다. 그리고 왠지 으스스한 느낌이 점점 더 짙어지고 있다고 여긴다.

내가 '자기 책임'이라는 말에 섬뜩함을 느끼는 이유는 주로 세 가지다.

첫째, '인질 사건으로 시끄러웠던 시점 이후 의미가 지나치게 확대되었기' 때문이다. 실제로 '사회가 이대로 괜찮은지 문제를 제기하는' 온갖 상황에 이 말의 불똥이 튀고 있다.

예를 들면, 여성이 성폭력을 당해도 '자기 책임.'

불안정한 고용 형태로 노동할 수밖에 없어도 '자기 책임.'

병에 걸려도 '자기 책임.'

빈곤층으로 떨어진 것도 '자기 책임.'

일과 육아를 병행하느라 힘들어도 '자기 책임.'

사원 인권 침해가 횡행하는 기업에 들어간 것도 '자기 책임.'

노후를 준비하지 못했어도 '자기 책임.'

그동안 "어리광 부린다", "게으름 피운다" 같은 말이 병·빈곤·육아·고용 불안정 등으로 생활고를 호소하는 사람들을 공격하곤 했다. 하지만 요즘에는 그런 공격에도 "자기 책임"이라는 말이 침투했다.

그리고 보니 원전 사고 때문에 '자주 피난自主避難'→할 수밖에 없었던 사람들을 향해 "자기 책

→ 2011년 동일본 대지진으로 후쿠시마 원전 사고가 발생했다. 이때 정부가 지정한 피난 실시 구역 밖에 거주하였으나 방사능 피해를 우려해 자발적으로 피난한 사람들을 '자주 피난자'라고 일컫는다. 이후 여러 차례의 소송과 재판에서 자주 피난자들이 피난할 수밖에 없었던 정황과 피난 후 겪은 물질적·정신적 고통이 인정되었으나 2023년 현재에도 구체적인 배상에 대해 심리 중이다.

임”이라고 말한 장관이 있었다.[1] 재난을 당해 피난한 것이 '자기 책임'이라면 다음에는 무엇이 '자기 책임'으로 여겨질까.

국가의 채무 불이행(디폴트)이 발생해도 "국민의 자기 책임" 같은 소리가 나올지도 모른다……(이 나라는 패전 후 "일억총참회"라고 했을 정도이니 가능한 이야기일지도……).

둘째, '자기 책임'이 '남의 입을 다물게 하는 말'로 쓰이고 있기 때문이다. 왜곡된 사회를 통감한 사람이 "여기에 문제가 있다!"라고 외치면 "그건 당신의 노력과 능력 문제"라는 '자기 책임론'이 끓어올라 그 목소리를 틀어막는다.

마치 노후한 건물에서 마루널이 빠지는 바람에 누군가가 부상을 당해도 건물을 수리하거나 다시 지을 생각을 하기는커녕, 다친 사람에게 "주의를 기울이지 않았다", "네가 잘못 밟았다"라고 욕하며 끝내는 것과 같다.

> 일본이 제2차 세계대전에서 패전한 책임은 일본의 1억 인구 전체에 있으므로 일왕(천황)과 권력자들에게 책임을 묻는 일 없이 다 함께 참회해야 한다는 논리.

셋째로는, 이 말이 '타인의 고통을 상상하는 능력을 해치기' 때문이다.

---

1) 2017년 4월 4일, 동일본 대지진 피해 회복을 위해 설치된 부흥청 장관이었던 이마무라 마사히로는 각의 후 회견에서 피난처를 떠나 집으로 돌아가지 못하고 있는 자주 피난민에 대해 «본인 책임이잖아요. (불복한다면) 재판이든 뭐든 하면 되지 않니까»라고 발언했다(참고 〈돌아갈 수 없는 원전 자주 피난민, 부흥청 장관 '본인 책임' 철회 없어 帰れない原発自主避難者、復興相「本人の責任」撤回せず〉, 《아사히 신문》 2017년 4월 5일, 조간 34면).

"자기 책임"이라는 말에는 '자신의 행동에서 비롯된 결과이니 일어난 일은 스스로의 힘으로 어떻게든 해결해야 한다'는 뜻이 담겨 있다.

'자기 책임론자' 관점으로 보면 사회에서 안타까운 사건이 발생해도 타인이 그 일로 마음 아파하거나 고민할 필요가 없다.

하지만 성폭력도 빈곤도 질병도 육아도 재해도, 모두 '자신에게 일어날 수 있는 일'이다. 지금은 다른 누군가에게 일어났을 뿐, 언제 나 또는 내 소중한 사람에게 일어난다 해도 이상하지 않다.

'자기 책임'이라는 말은 이런 인식을 갖기 어렵게 만든다. 이 말을 쓰면 쓸수록 '타인의 고통'을 상상하는 능력이 망가진다.

목소리를 내는 사람들은 '특별'할까

'자기 책임' 같은 말이 사회에 쌓이다 보면 용기를 내서 사회문제를 고발하려고 목소리를 높이는 사람들이 결국 없어져버리는 건 아닐까. 그렇게 될까 봐 걱정스럽고 두렵다.

'사회 문제를 고발하는 사람'은 특별한 사람, 선택받은 사람, 용감한 사람으로 여겨지곤 한다. '사회 문제를 고발하는' 데 용기가 필요한 것은 사실이므로 목소리를 내는 사람들이 특별해 보일 수 있다. 하지만 '목소리를 낸 사람들'이 처음부터 특별했던 것은 아니다.

잠시 역사를 돌이켜보자.

전후 장애인 운동은 한센병 요양소와 결핵 요양소에서 시작되었다. 특히 한센병 환자들의 '나병 예방법 투쟁'(1953년)↘과 결핵 환자였던 아사히 시게루 씨가 일으킨 '아사히 소송'(1957년 제소)↓은 인권 투쟁의 선구적인 사례다.

그중 '나병 예방법 투쟁'에 온 힘을 쏟은 인물로 모리타 다케지 씨(1910~1977)가 있다. 제2차 세계대전 전부터 요양소에서 언론 활동을 했고, 전후에도 맹렬한 인권 투쟁을 벌여온 그는 다음과 같은 말을 남겼다.

> 인간의 용기란 하늘에서 떨어지거나 땅에서 솟아나는 것이 아니라, 용기를 낼 수 있는 주체적, 객관적 조건을 필요로 한다.
>
> 《편견에의 도전偏見への挑戦》, 나가시마평론부회長島評論部会, 1972.

내 나름대로 모리타 씨의 말을 쉽게 풀어서 설명해보겠다.

차별을 당해 힘들어하는 사람에게 건넬 만한 말 중에 "용기를 내어 일어나 맞서라"가 있다. 격려하려고 하는 말이겠지만, 모리타 씨는 그런 말을 엄중히 경계했다.

차별당하는 사람은 대개 정신적·경제적으로 위기에 몰려 있고, 그런 사람이 고립된 상태에서 일어나 맞서 봤자 필경 사회에 짓눌려버리기 때문이다.

↘

한센병 환자는 무조건 평생 격리하는 '나병 예방법' 폐지를 위해 한센병 요양소 입소자들이 벌인 투쟁.

↓

1957년, 국립 오카야마 요양소 입소자였던 아사히 시게루가 터무니없이 적은 생활 지원금에 항의하여 후생노동성 장관을 상대로 행정 소송을 제기했다.

애당초 차별과 싸우기란 두려운 일이다. 그 두려움을 앞에 두고 사람은 그렇게 간단히 《용기》를 낼 수 있는 존재가 아니다.

바로 그렇기 때문에 차별당하는 사람에게 "용기를 내라"라고 부추기는 대신에 용기를 낼 수 있는 조건을 생성하는 일이 중요하고, 그러려면 고립되지 않은·고립시키지 않는 연대감을 키워야 한다고 모리타 씨는 주장한다.

모리타 씨는 저서에서 고립된 약자는 《개죽음한다》고 지적했다. 차별당하는 두려움을 뼛속들이 알고 있었기에 《개죽음》이라는 말을 썼으리라. 그는 차별과 싸우는 법도 숙지하고 있었을 것이다.

모리타 씨의 말은 언뜻 보면 냉혹하지만 사람은 혼자서는 싸울 수 없음을 인정한다는 점에서 실은 대단히 현실적인 발언이다. '인권 투쟁'이나 '차별과의 싸움'이라고 하면 마치 숭고한 위업처럼 느껴지지만, 실제로 목소리를 내는 한 사람 한 사람은 공포를 품은 살아 있는 인간이다. 모리타 씨의 말을 통해 이 사실을 새삼 깨닫는다.

멈추지 않는 '서로 입 다물리기'의 연쇄

'말'에는 '받아들이는 사람'이 필요하다. '목소리를 내는 사람'에게도 '귀를 기울이는 사람'이 필요하다.

하지만 '자기 책임'은 목소리를 내는 사람을 고립시키는 말이다. 최근에는 목소리를 낸 사람을 고립시켜 《개죽음》하기를 기다리는 듯한, 잔학한 일을 즐기는 반응마저 늘어난 느낌이 든다.

'순종하지 않는 국민 따위 챙기지 않겠다'고 생각하는 권력자는 앞으로도 '자기 책임'이라는 말을 계속 사용할 것이다. 국민들이 분열될수록 권력자에게 유리하기 때문이다.

권력자가 '자기 책임'이라는 말을 쓰면 몹시 화나겠지만 섬뜩하지는 않다. 권력자란 원래 그런 존재이고, 우리가 그런 권력자를 지지하느냐, 지지하지 않느냐가 문제이기 때문이다.

진심으로 섬뜩한 쪽은 평범한 사람들이 '자기 책임'이라는 말로 서로를 상처 입히고, '타인의 고통'을 상상하는 능력을 잃어가는 현상이다.

모리타 씨의 말을 내 나름대로 발전시켜본다면 '타인의 고통'을 상상하는 능력은, 사회 문제에 대해 목소리를 낼 수 있는 《용기》를 길러주는 최저한의 사회적 기반에 속한다. '자기 책임'이라는 말이 범람하면서 지금 이 사회적 기반이 위험한 수준으로 침식되고 있다. 나는 그런 위기감을 느낀다.

'자기 책임'이라는 말은 앞으로도 계속 범람할 것이다. 특히 이 말에 깊이 상처받은 경험이 있는 사람이 자신과 처지가 비슷한 사람에게 같은 말을 내뱉는 사태가 연쇄적으로 일어날 것이다.

왜냐하면 상처받은 사람은 경우에 따라 '자신을 상처 입힌 논리'를 자신과 처지가 비슷한 이에게 내세우기 때문이다.

아무리 노력해도 대가를 얻지 못했거나 부조리하게 상처 입은 경험 등을 '자기 책임'으로 받아들이도록 강요당한 사람들.

사회의 존재 방식에 분노해서도, 힘든 상황에서 도움을 구해서도 안 된다는 생각을 주입당한 사람들.

그런 사람들의 눈에, 사회에 문제를 제기하는 모습이 '무책임한 작태', '질서를 무너뜨리는 난폭한 행위'로 비치게 된다면 그만큼 불행한 일도 없으리라.

특히 최근 수년간 사회에 만연한 '긴축' 풍조가 이러한 사태에 박차를 가하는 듯하다.

'나라에 돈이 없으니 공적 도움을 구하지 마라.'

'자기 힘으로 살 수 있는 사람만이 살아갈 자격이 있다.'

'파이가 적으니 경쟁은 당연하다.'

이런 분위기 때문에 고통받는 사람들의 입으로부터 '자기 책임'이라는 말이 흘러나오는 것은 아닐까.

처지가 같은 사람들끼리 견제하며 서로의 입을 다물리고 있는 것이 아닐까.

이러한 부정적 연쇄에 제동을 걸지 못한 결과 분열이 발생하여 사회 문제를 지적할 《용기》를 탄생시키는 기반이 파괴되는 것은 아닐까.

그런 우려를 안고 있다.

부조리와 싸우는 법

'자기 책임'이라는 말은 누구나 쓸 수 있고 누구에게나 쓸 수 있다. 이 글을 쓰는 나도 바짝 긴장하지 않으면 '자기 책임'이라는 말을 쓰려고 해서 등골이 오싹해지곤 한다.

이 말이 넘쳐나는 현대는 누가, 언제, 어떤 이유로, 누구로부터 괴롭힘을 당할지 알 수 없는 상태에 돌입했다. '나는 부조리한 일을 당했을 때 어떻게 맞서야 하는가'를 고민하며 생활해야만 하는 단계에 들어서고 말았다.

그런데 이렇게 쓰면서 한 가지 의문이 솟아오른다.

애당초 우리는 '부조리와 싸우는 법'을 알고 있는가.

누군가에게 배운 적이 있는가.

'부조리와 싸우는 법'을 모르면 '부조리한 일을 당하는 것'에 익숙해져서, 점차 '자신이 부조리한 일을 당하고 있다'는 것조차 깨닫지 못하게 된다.

'자기 책임'이라는 말로 사람들이 고통받아도 그다지 부조리하다고 생각하지 않는 사회'를 나는 다음 세대에게 물려주고 싶지 않다.

그렇다면 우리는 '부조리와 싸우는 법'을 배워야만 한다.

이번에 소개한 모리타 다케지 씨의 가르침에 따르면 부조리한 사회와 싸울 《용기》를 얻기 위해서는 고립되지 않고 고립시키지 않는 것이 중요하다.

그러기 위해서는 무엇을 하면 좋을까.

일단 나는 '지금 이 순간 화난 사람·분노하는 사람·억울한 사람'을 고립시키지 않는 일부터 하고 싶다. '자기 책임'이 '사람을 고립시키는 말'이라면 '사람을 고립시키지 않는 말'을 찾아 서로 나눠야 한다.

한 사람의 문학자로서 그런 '말 찾기'를 계속해 나가고 싶다.

인정받으려고 하지 마라

하지만 '이해하기 쉬운 글', '읽기 편한 글',

'재미있는 글'을 지나치게 의식하면서 글을 쓰면

자신이 소중하게 여기는 것까지 갈아버리고 있는 듯한 느낌이 든다.

나는 그런 주문을 받을 때마다 찜찜한 거북함을 느낀다.

그 거북함은 예를 들면, 데모에 참가해 의사를 표시하거나

차별에 반대해 분노의 목소리를 높이는 사람에게

"더 냉정하게 말해야 무슨 소리인지 알아듣지"

같은 평을 하는 사람들을 보며 느끼는 거북함과 닮아 있다.

직업 특성상 글을 많이 쓴다. 아니, 많이 쓴다기보다 글쓰기 자체가 직업에 가깝다.

학자 대상으로 학술 논문 쓰기. 대학생용 교재 집필하기.

일반 독자 대상으로 전문적인 식견을 알기 쉽게 해설한 원고 쓰기.

문예지 등에 소설 서평을 쓰거나 에세이 의뢰도 종종 받는다.

크리에이티브 라이팅을 가르치는 담당 강의에서 학생들과 함께 가벼운 단편 소설을 쓸 때도 있다.

학교 서류를 작성하고 학생의 논문을 첨삭하거나 독서 감상문에 코멘트를 달기도 한다.

복지 단체 기관지나 회보에 잡다한 감상을 담은 글을 기고할 때도 많다.

그리고 결코 기분 좋은 작업은 아니지만, 세상에서 참혹한 사건이 일어나면 오피니언 기사를 기고하기도 한다.

글의 질은 차치하고, 또 양도 차치한 뒤 폭만 보자면 전업 작가에게 뒤지지 않을 만큼 넓을 것 같다.

이렇게 날마다 글을 쓰며 생각한다. 내 글은 아마 세상에서 조금도 인정받지 못하고 있을 거라고.

이게 무슨 뜻인지 살짝 설명할 필요가 있을지도 모르겠다.

물론 원고료라는 형태로 노력에 합당한 보수를 받을 때가 있다. 전혀 합당하지 못한 보수를 받기도 한다. 읽어주신 분으로부터 개인적인 감상을 듣기도 한다. 때로는 칭찬을 받지만 물론 비판을 받을 때도 있다.

칭찬을 받으면 단순히 기뻐하고, 비판을 받으면 내용을 찬찬히 돌이켜본다. 글을 세상에 내놓는 사람에겐 당연한 일이다.

하지만 내 글이 어딘가에서 엄청나게 많이 팔리거나, 권위가 높고 영예로운 상을 받는 일은 지금까지도 없었고 분명 앞으로도 없을 것이다.

그리고 그에 대한 내 기분을 솔직히 말하자면, 반쯤은 섭섭하지만 반쯤은 틀림없이 기쁘다. 인정받지 못해도 기쁘다니 이상하게 들릴지도 모른다. 그냥 센 척하는 것처럼 보일 테다.

물론 센 척하는 부분이 전혀 없진 않지만, 사실 내 머릿속에는 존경하는 은사의 가르침이 신줏단지처럼 묵직하게 자리잡고 있다.

"인정받으려고 하지 마라"라는 가르침이다.

타인의 상상력을 넘어서라

이렇게 말한 사람은 이 책에서도 자주 소개한 장애인 운동가이자 문필가·하이쿠 시인인 하나다 슌초 씨다.

내가 슌초 씨의 심부름꾼 비슷한 역할을 했던 때의 일이다. 슌초 씨가 생활하던 요양원의 방에서 세상 돌아가는 이야기를 두서없이 나누다가 그가 문득 이런 충고를 해주었다.

아라이 군, 인정받으려고 하지 마. 사람은 자기 상상력 범위 내에 들어가는 것만 인정할 수 있어. 그러니 누군가한테 인정받는다는 건 그 사람의 상상력 범위 내에 다 들어간다는 뜻이야. 타인의 상상력을 뛰어넘어버려.

　정확한 인용은 아니지만 대강 이런 이야기였다. 당시 아직 20대 중반이었던 나는 이 말의 의미를 잘 이해하지 못한 채 '뭔가 멋지다'라고만 느꼈지만 그런 대로 나이를 먹은 지금은 슌초 씨가 무슨 말을 하고 싶어 했는지 알 듯하다.

　우선 나름대로 나를 걱정하는 마음을 담았을 것이다. 그 무렵의 나는 아직 혈기 왕성한 젊은이였기에 좌우간 인정받고 싶다는 욕구가 강했다. 조금이라도 일찍 성과를 내고 싶다, 업계에서의 지위를 높이고 싶다. 그런 야심이 넘쳐흐르고 있었다.

　하지만 평가나 성과에 지나치게 안달하면 반드시 위태로운 일이 생긴다. 이른바 필화筆禍라는 것도 대체로 잘하려고 무리하거나 호평을 노렸을 때 당하곤 한다.

　또한 '인정받고 싶다'는 마음이 강해지면 아무래도 자신의 신념보다는 상대의 욕구를 더 신경 쓰게 된다. 주장의 일관성·논리성·정당성을 추구하기보다는 주목받거나 화제에 오르는 것 자체를 목표로 삼는다(최근 수년, 이러다가 어둠의 늪에 빠졌구나 싶은 글쟁이들이 눈에 띈다).

　물론 글로 먹고사는 사람으로서 세상이 무엇을 원하는지 분위기를 읽는 능력은 필요하고, 독자의 욕망을 만족시키는 것을 직업 의무라고 생각하는 작가도 있을 것이다.

　하지만 장애인 운동가였던 슌초 씨가 써온 글들은 세상의 분위기를 읽는 글이 아니라 세상의 분위기에 맞서는 글이었다. 그런 글들을 써온 사람이었다.

　그렇다면 제자인 나는 어떤 글을 써야 하는가.

　슌초 씨는 인정받고 싶은 욕망으로 눈을 번들번들 빛냈던 미숙한 나에게 어떤 길을 걸어야 하는지 보여주었다.

　'인정받으려 하지 마라.'

　슌초 씨가 해준 충고의 무게를 최근 몇 년간 진심으로 실감하고 있다. 원고를 보내는 매체 중에는,

　"이해하기 쉽게 써주세요"

　"관심 없는 사람도 읽어보고 싶게 써주세요"

　"동종 기사 스타일과 가능한 한 비슷하게 맞춰주세요"

　같은 주문을 마구 던지는 곳들이 있다.

　물론 자신이 하고 싶은 말이 상대에게 제대로 전해질지 아닐지 확인해가며, 고민하고, 머뭇거리면서 글을 쓰는 것은 당연한 일이다. 매체에 따라 각각 타깃층이며 스타일이 다르다는 점도 안다.

　하지만 '이해하기 쉬운 글', '읽기 편한 글', '재미있는 글'을 지나치게 의식하면서 글을 쓰면 자신이 소중하게 여기는 것까지 갈아버리고 있는 듯한 느낌이 든다.

　나는 그런 주문을 받을 때마다 찜찜한 거북함을 느낀다. 그 거북함은 예를 들면, 데모에 참가해 의사를 표시하거나 차별에 반대해 분노의 목소리를 높이는 사람에게 "더 냉정하게 말해야 무슨 소리인지 알아듣지" 같은 평을 하는 사람들을 보며 느끼는 거북함과 닮아 있다.

괴로움에 몸부림치며 고민한 결과를 상대의 관심과 흥미에 맞추어, 상대의 상상력이 미치는 범위 내에 들어가도록 잘라내고 우겨 넣고 축소하여 쓴다. 그것이 얼마나 고통스러운 일인지 과연 이해받을 순 있을까.

아니면 이제 쓰는 사람의 갈등과 고심을 펜촉에 담은 글은 아무도 원하지 않는 시대가 온 것일까. 그렇다면 시대를 등지고 '인정받지 못하는' 것을 차라리 자랑으로 여기고 싶다.

시인·운동가 하나다 슌초의 갈등

슌초 씨의 명예를 위해 약간 설명을 덧붙이겠다.

슌초 씨는 생애 92년 동안 수많은 상을 받았다. 하이쿠 분야에서는 반료쿠萬綠신인상↘(1958), 하이쿠협회전국대회상(1963), 반료쿠상(1963)을, 복지 분야에서는 세계 장애인의 해 기념 총리대신 표창(1981), 아사히신문사 사회복지상(1995), 야마토복지재단 오구라 마사오상 특별상(2015)을 받았다.

즉, 세상의 관점에서 보면 '인정'받은 사람이었다.

슌초 씨가 세상을 떠나기 수년 전, 나도 시상식에 초대받아 동반한 적이 있다. 슌초 씨는 자칭 '청개구리'인 것치고는 솔직한 사람이어서 영예로운 수상을 진심으로 기뻐했다. 수상의 영예에 기뻐하는 것을 뒤에서 자신을 도와준 사람들에 대한 감사 표시로 여기기도 했으리라.

↘
일본의 하이쿠 잡지 《반료쿠》가 수여하는 상으로 반료쿠상과 신인상으로 나뉜다. 잡지는 1946년 창간하여 2017년에 폐간했다.

하지만 젊은 시절에는 '인정받는 것'에 대해 꽤나 복잡한 심경을 품고 있었던 듯하다. 무엇을 해도 '장애인치고는', '장애에 비해서는', '장애가 있는데도 불구하고' 같은 수식어가 따라붙었기 때문이다.

'치고는', '비해서는', '불구하고' 같은 수식어를 붙여 누군가를 평가하는 사람은 대체로 그 누군가를 '자신보다 위'에 두지 않는다.

이따위 세상, 뒤집어엎어보겠다. 젊은 시절 슌초 씨가 쓴 글에는 그런 야심이 강렬히 넘쳐흐르고 있었다.

분명 슌초 씨는 몹시 갈등했으리라. 만약 세상으로부터 '인정' 받는다면 자신은 '그놈들의 아래'에 있게 된다. 그렇다고 누구도 글을 읽어주지 않으면 원고는 그저 종이 쪼가리가 된다. 뒤집고 자시고, 애당초 승부의 장에 오를 수조차 없다.

세상 사람들에게 '다루기 쉬운 장애인'이라는 작은 존재로만 인식되고 싶지 않다, 하지만 세상을 뒤집기 위해 많은 사람이 내 글을 읽었으면 좋겠다. 그런 갈등을 경험한 끝에 나온 충고였을 것이다. 가벼울 수가 없는 조언이었다.

내가 슌초 씨와 마지막으로 나눈 대화는 그야말로 '글'에 관한 것이었다. 슌초 씨는 몸 상태가 나빠져 병원에 입원했고 그 무렵에는 잠들어 있는 시간이 길어서 거의 이야기를 할 수가 없었다.

그날 문병하러 갔을 때도 슌초 씨는 계속 자고 있었다. 들리지 않을지도 모른다고 생각하면서도 슌초 씨의 귓가에 대고 보고했다.

"슌초 씨가 계속 맡으셨던 잡지 연재, 제가 이어받게 됐어요. 원고 열심히 쓰겠습니다."

"잡지", "연재", "원고" 같은 단어에 반응한 것일까. 자고 있던 슌초 씨가 살짝 눈을 떴다. 그는 여위어 얇아진 눈꺼풀 뒤 검은 눈동자를 예리하게 빛냈다가 힘이 훅 빠진 듯 다시 잠들었다.

그 눈빛은 '고맙다'는 뜻으로도, '네가 그걸 할 수 있겠어?'라는 뜻으로도 보였다.

내 천 자로 잔다고 하는구나

그렇다 해도 역시 그분의 인생을 "불행"했다고는 이야기할 수 없고,
반대로 "이런저런 일이 있었지만 결국 좋은 인생이었다"고도
이야기할 수 없다.
사람 인생의 '행불행'은 제3자가 가볍게 왈가왈부할 영역이 아닌 것이다.
하지만, 그래도, 그럼에도 이런 생각이 든다.
그분이 "내 천 자로 잔다"라는 말을 몰랐다는 사실이 나는 경악스럽다.
'차별이 빼앗은 것', '차별이 부숴버린 것'의 크기를 상상하기만 해도
가슴이 찢어질 듯 아프다.

아이의 성장이 **빠르다.**

얼마 전까지만 해도 '유아'였던 아들은 벌써 '소년'이 되었다. 체력은 이미 역전당했을지도 모른다.

이 생물은 아무리 돌아다녀도 지치지 않는다. 키도 한 달 만에 1센티미터가량 더 자랐고, 식사량도 날마다 늘어난다.

그에 비해 나는 몸 여기저기가 아프고 식사량도 점점 줄어들고 있다. 자고 일어나도 여전히 피곤하고 물리 치료를 받는 주기도 짧아졌고 건강 검진 수치도 나**빠**지고 있다.

'자라나는 사람'과 '늙어가는 사람.' 체력 그래프의 선이 교차하고 역전되는 모습을 지금 눈앞에서 목격하는 중이다.

우리 애 한 명도 버거운데 친구들까지 모여 법석을 떨기라도 하면 그때는 감당할 수가 없다. 스키마스위치↘의 노래 중에는 〈전력소년〉이라는 명곡도 있다. 하지만 이 이상 '전력'인 '소년'은 내가 당해낼 수가 없다. 좀만 봐주었으면 좋겠다.

그래도 아직 '역시 어린애구나' 싶은 순간들이 있다.

뭔가 이유가 있어서 잠이 오지 않을 때면(대개는 텔레비전이나 만화에서 무서운 장면을 봤을 때) 잠들기 전까지 옆에 있어 달라고 어리광을 부리기도 한다.

조금 귀찮기도 하지만 아이가 나에게 기댈 때의 달콤한 기쁨을 느끼며 이불 속에 들어가 곁에 누워 이런저런 이야기를 나눈다. 어이없을 만큼 의미 없는 이야기들이다. 하지만 이런 순간도 나쁘지 않다.

솔직히 얼마 전까지는 이 '재우기'가 지루해   일본의 2인조 밴드.

서 괴로웠다. 애를 재운 뒤에도 억지로 스스로를 몰아붙이며 일을 해야 했기 때문에 좀처럼 잠들지 않는 아이에게 화가 나서 주체할 수 없었다.

아이가 자야 하는 시간이면 '자주지 않는 아이'와 '자지 않는 아이에게 화를 내는 자신'을 마주하느라 녹초가 되었다. 평소 나보다 바쁜 파트너 역시 이 시간대를 넘기기는 쉽지 않았을 것이다.

그 후 아이가 성장하면서 생활 리듬이 안정되었고, 나도 업무량을 조절할 수 있게 되어 '애 재운 뒤 일에 쫓기기'를 하지 않아도 되는 날이 늘었다. 그래서 아이 재우는 시간을 조금씩 즐길 수 있게 되었다.

아이를 재우는 일 하나에도 소소한 드라마가 있다. 그 드라마는 반짝반짝 빛나지는 않지만 나름대로 소중하며, 그런 '나름'이 모이고 쌓여 나와 아들과 파트너의 '인생'이 만들어지는 게 아닐까 하고 종종 생각한다.

어쩌다가 아이 재우기에서 '인생은……' 어쩌고 하는 거창한 주제까지 흘러왔을까. 이야기를 너무 부풀린다고 생각할지도 모르지만 사실 여기에는 이유가 있다.

'아이', '부모', '자다'가 모여 만든 잊을 수 없는 말이 있기 때문이다.

한센병 환자와 가족이 받은 차별

한센병이라는 병이 있다. 예전에는 "나병"이라고 불리며 오랫동안 부당한 차별을 받은 병이다.

일본에는 과거에 '나병 예방법'이라는 법률이 있었다. "과거에 있었다"고 썼지만 1996년에야 폐지되었으니 내가 고등학교에 다닐 때까지 존재했다는 뜻이다.

나병 예방법에 따라 한센병 환자는 요양소에 격리당했다. 요양소가 아닌 곳에서 생활한 환자도 있긴 했지만 대다수는 요양소에 수용되었다.

아마 거의 모든 한센병 환자가 일가친척이 얽힌 우여곡절을 경험했을 것이다. 이 병으로 인해 가족 전체가 차별을 받았기 때문이다.

가족 중에 환자가 나오면 '조리돌림' 비슷한 것을 당하기도 했다. 형제자매까지 결혼 반대나 이혼을 당했다. 절망해서 자살하거나 가족이 뿔뿔이 흩어지거나 궁지에 몰린 나머지 동반 자살을 택하는 경우도 있었다.

마쓰모토 세이초↘의 대표작《모래그릇砂の器》은 한센병 환자인 아버지를 둔 소년이 전쟁의 혼란을 틈타 신분을 위장하고 신진 음악가로서 성공을 손에 넣는 이야기다.

그는 과거에 자신과 아버지를 도와주었던 소중한 은인을 살해한다. 자신의 정체가 드러날까 봐 두려웠기 때문이다. 살인을 저지를 정도로 '한센병 환자의 가족'은 사회로부터 극심한 기피를 당했다.

그렇다 보니 환자들은 필사적으로 신분을 숨겼다. 요양소에 들어갈 때 가족과 연을 끊었고, 요양소 안에서만 통하는 가명(원명隠名이라고도

↘
1909~1992. 소설가.
사회 문제를 다룬
추리 소설로
유명하다. 2013년에
'문학동네'에서
대표작《모래그릇》의
한국어판(이병진
옮김)이 출간되었다.

했다)을 쓰기도 했다.

가족이 환자의 존재를 숨기는 일도 있었다. 요양소에 들어갈 때 "돌아오지 마라", "거기서 연락하지 마라", "죽은 셈 칠 테니까" 같은 말을 들은 환자가 많았다.

과거에 환자들 사이에서는 "이 병에 걸리면 뼈만 남아도 고향에 돌아갈 수 없다"는 말이 돌았다. 슬프게도 이 말은 결코 비유가 아니었다. 한센병 요양소에는 입소자의 유골함을 보관하는 납골당이 있다.

잡담하다가 마주친 단층

한센병에 대한 설명이 길어진 까닭이 있다. 나는 한센병 연구소에서 현지 조사를 하면서 공부를 시작했기 때문이다.

대학원생 시절에 나는 도쿄도 내에 자리한 요양소(국립요양소 다마젠쇼엔)을 찾곤 했다. '연구'를 아주 열심히 한 것처럼 보일지도 모르지만 실은 거기서 사귄 입소자들을 만나러 갔을 뿐이다.

내가 드나들기 시작한 무렵에 요양소는 상당히 고령화가 진행되어서, 입소자 평균 연령이 70대 중반이었던 것으로 기억한다.[1] 그래서 만나는 사람 모두가 나에게는 할머니·할아버지 뻘

---

1) 한센병이 나은 뒤에도 장애가 남았거나 요양소 바깥에 생활 기반이 없기 때문에 요양소에서 계속 생활하는 사람들이 있다. 이런 이유로 의료 시설에 장기 입원해 있는 것을 '사회적 입원'이라고 한다.

이었다.

사실 나는 조부모와 친밀하게 지낸 시간이 없다. 마주 보고 대화를 나눈 기억도 없다. 그래서인지 조부모에 가까운 연령대의 사람들과 나누는 대화가 무척 신선하고 즐거웠다.

어느 날 친해진 입소자의 방[2]에서 나를 포함해 세 사람이 함께 차를 마시며 한없이 수다를 떨었다. 내용은 이제 떠오르지 않을 만큼 가벼운 이야기들이었다.

하지만 어느 순간, 그 입소자가 '맞장구치듯이' 던진 한마디가 충격적이었다.

"아아, '내 천 자로 잔다'고 하는구나."

"내 천 자로 잔다"는 일본에서는 모르는 사람이 거의 없는 관용 표현이다. '부부가 아이를 사이에 두고 내 천川 자처럼 나란히 누워 자는 모습'을 뜻한다.

보통 이런 관용 표현은 연세가 많은 분들이 더 잘 안다. 게다가 이 관용 표현은 특별한 말이 절대 아니다. 흔하디 흔하게 쓰이는 말이다.

하지만 그분은 이 표현을 몰랐다.

당시 그분은 70대 후반 정도였다고 기억한다. 방에 방대한 양의 장서를 소유한 독서가였고 박식하기로 유명했다.

---

2) 국립한센병요양소는 병원이라기보다는 집합 주택이나 주택 단지에 가깝다. 입소자도 특별한 간호나 의료적 돌봄이 필요하지 않으면 '기숙사寄宿舍'라고 불리는 단층 연립 주택 같은 건물에서 생활했다.

요양소에는 어렸을 때 들어왔다. 아직 아시아·태평양전쟁이 발발하기 전이었다. 부친도 같은 병을 앓아서 부친과 함께 입소한 모양이었다.

　아버지가 먼저 발병한 탓에 요양소에 입소하기 전에도 이웃 친구들 간의 놀이에 끼지 못했고, 학교로부터는 "오지 마라"라는 말을 들어서 계속 홀로 지냈다고 한다.

　이런 경험도 틀림없이 관련 있으리라. 어린 시절에는 아버지를 별로 좋아하지 않았다고 한다.

　학교에 거의 가지 못했기 때문에 요양소에서 '아버지 역할'을 맡은 선배 환자들로부터 가르침을 받았다. 당시 요양소에는 어린이 환자를 위한 초등학교(에 해당하는 것)가 있어서 '학식 있는 환자'가 교사 역할을 맡았다.

　그분은 문학 작품을 읽을 수 있게 되었고 동서고금 작품들에서 마음 둘 곳을 찾았다. 방에 쭉 늘어선 책장들에는 단순히 '책을 좋아한다'는 것과는 차원이 다른 박력이 있었다. '인간의 지혜를 담은 책이라는 형태의 물건'에 대한 범상치 않은 경의가 느껴질 만큼 압도적이었다.

　내가 그분과 친분을 쌓게 되자 대화 도중에 가족이 드문드문 화제로 등장했다.

　요양소 밖에 가족이 있었던 듯한데 가볍게 연락할 수 있는 사이는 아니었던 모양이다. 애당초 '집안에 그런 분이 있다'는 사실조차 모르는 친척도 있다고 했다.

　그런 경험을 지닌 분이 "내 천 자로 잔다"는 말을 모른다는 사태를 어떻게 받아들여야 좋을까.

70년도 넘게 요양소에서 생활한 그분은 요양소 내에서 만년을 보내고 숨을 거두었다.

틀림없이 많은 한센병 회복자가 겪었을 일―사회로부터의 차별과 일가친척과의 우여곡절―을 그분도 경험했으리라.

과거의 요양소는 생활하기조차 힘든 가혹한 장소였다.

부실한 식사, 미흡한 치료, 거만하고 위압적인 의사, 폭력적인 직원, 좁은 숙소에서의 집단 생활, 보호받지 못하는 프라이버시, 복잡한 인간관계, 사회의 편견. 나라면 솔직히 그런 환경에서 생활하기는 어려울 것 같다.

그래도 환자들 사이에는 우정과 애정이 있었고, 차별에 맞서 함께 싸운 사람들끼리의 연대감이 있었고, 병으로 깨달은 것들이 있었고, 저마다 취미나 오락이 있었다. 24시간 눈물만 흘리며 지냈던 것이 아니라, 한 사람 한 사람의 인생이 당연히 존재했다.

나는 그분의 인생을 두고 '행복했는지 불행했는지' 감히 판단할 수 없다. 인생의 '행불행'은 기본적으로 본인이 정하는 것이기 때문이다.

그분도 실제로는 괴로운 일을 많이 겪지 않았을까. 상상조차 하기 어려운 슬픈 경험도 했을 것이다.

그렇다 해도 역시 그분의 인생을 "불행"했다고는 이야기할 수 없고, 반대로 "이런저런 일이 있었지만 결국 좋은 인생이었다"고도 이야기할 수 없다. 사람 인생의 '행불행'은 제3자가 가볍게 왈가왈부할 영역이 아닌 것이다.

하지만, 그래도, 그럼에도 이런 생각이 든다.

그분이 "내 천 자로 잔다"라는 말을 몰랐다는 사실이 나는 경악스럽다.

'차별이 빼앗은 것', '차별이 부숴버린 것'의 크기를 상상하기만 해도 가슴이 찢어질 듯 아프다.

나는 일 때문에 '차별'에 대해 생각하거나 과거의 '차별' 사건을 조사할 때가 많다. 나름대로 지치는 작업이다.

그럼에도 이 작업을 계속하는 이유는 역시 "'내 천 자로 잔다'고 하는구나"라던 그 사람의 목소리가 귓가에 남아 있기 때문이다.

말이 '문학'이 될 때

내 나름대로 '문학이란 무엇인가'를 설명해보자면

요컨대 '곰 인형' 같은 무언가라고 생각한다.

무언가가 없다고 '생명'을 유지할 수 없는 것도 아니고

'생활'이 무너지는 것도 아니지만,

힘들거나 괴롭거나 외로울 때 살며시 '자신을 지탱해주는 것'이

이 세계에는 있다.

그 무언가가 존재한다는 사실만으로 구원받은 느낌을 주는 것.

그 존재를 믿으려는 마음의 움직임.

그것이 '문학'이라고 생각한다.

좀 더 정확히 말하면 나라는 한 개인은 그런 것을 '문학'으로 여기며,

그런 것이 지닌 힘을 해명하고 싶다.

꽤 오래전이기는 하지만 아들과 함께 TV로 영화《신 고질라》를 보았을 때의 일이다.

영화에서 군대가 고질라에 맞서기 위해 무사시코스기↘부터 마루코바시 다리(도쿄도 오타구와 가나가와현 가와사키시를 잇는 다리)에 걸쳐 '다바 작전'을 개시한다. 전에 그 근처에 산 적이 있어서 둘이서 꺅꺅 소리를 지르며 보았다.

이래저래 달아올랐던 밤. 침실에서 뒹굴대면서 '고질라가 나타나면 도망칠 때 가져갈 물건은?'이라는 주제로 이야기를 나누었다. 아들이 고른 물건은 다음 세 가지였다(고른 순서대로 적었다).

① 곰 인형(생일 선물로 받은 것. 0세 때부터 침실에 놓여 있었다.)
② 자전거
③ 물통

당시에는 '물통을 가져가기만 해도 소풍 가는 기분이 드는 이유는 왜일까……'라고 생각했을 뿐이지만, 이 세 물건은 '상징'으로 받아들이면 의외로 사태의 본질을 꿰뚫고 있다.

예를 들어 물통은 '생명에 관계된 물건'을 상징한다. 재해 대비 비상 용품 가방 속 물건이나 피난소에 비축된 물자처럼, 생명을 유지하는 데 필요한 물건들이 이에 해당할 것이다.

자전거는 실용적인 물건이니 '생활에 관계된 물건'을 상징한다고 볼 수 있지 않을까. 생계 유지를 위해 없어서는 안 될 물건(내 경우에는 원고

↘
일본 가나가와현
가와사키시에
자리한 지역.

와 교재 데이터가 가득 든 컴퓨터나 집념을 가지고 모은 자료 등)이 이에 해당하리라.

　그러면 봉제 인형은 무엇을 상징하는가. 인형은 없어도 '생명'이 위태롭거나 '생활'하기가 불가능하지 않다. 하지만 힘들 때나 정말로 위태로울 때 곁에 두고 싶은 물건이니, 굳이 말하자면 '마음에 관계된 물건'을 상징한다고 할 수 있다.

　봉제 인형을 맨 처음으로 꼽은 것이 아이답다면 아이답다. 어른인 나는 반사적으로 '생명'과 '생활'을 우선시해버리는데, 사실 이는 여전히 어른이 책임질 일이 맞다고 생각한다. 한편 아이는 아이만의 '자신에게 중요한 물건'을 갖고 있을 것이다.

　'마음에 관계된 물건'이 어린이에게만 있고 어른이 되면 잃어버리는 것일 리가 없다. 어른도 어른대로 '마음에 관계된 물건'을 갖고 있겠지만, 여러 물건으로 분산되어 있거나 '관계성'처럼 형태가 없는 경우도 있어서 평소에는 잘 깨닫지 못할 뿐이다.

　그렇게 생각해보면 어린이는 '자신에게 소중한 것'이 무엇인지 어른의 짐작보다 더 잘 알고 있는 듯하다. 그런 깨달음에 마음이 벅차오르면 침실에서 굴러다니는 곰 인형이 평소보다 아주 조금 더 성스러워 보이기도 한다.

'문학'이란 무엇인가

　나는 일단 '문학자'이므로 '문학'에 대해 생각하고 가르치고 말하는 것이 일이다.

아들이 다닌 보육원이나 초등학교 친구들의 가족(거의 모두 '문학 전공'과는 관계가 없는 사람들)에게 "문학자입니다"라고 자기소개를 하면 "와, 음, 그러니까, 멋있네요……" 같은 반응이 나오고, 나는 상대를 곤란하게 만들어 약간 죄책감을 느낀다.

어디까지나 내 경험에 국한된 일이지만 세상에서는 '문학'을,

'뭐 대강 소설이나, 그런 비슷한 것……'

'국어 교과서에 실린 읽기 어려운 옛날 글……'

'(대충) 잘 모르겠는 것……'

으로 받아들이는 일이 많다. 문학인즉 정체를 모르겠는 무언가이고, 아무래도 좋은 인상을 주지는 못한다.

실제로 "문학적이네요"라는 표현이 칭찬으로 쓰이는 경우는 잘 없다. 대개는 '애매하다', '논리성이 부족하다', '자기 세계관이 지나치게 강하다' 등, 좀 어렵다는 어감이 내포된 채 쓰이고 있다.

'문학'이라고 하나로 묶어 말하지만 사실 문학의 폭은 넓다. 게다가 딱히 내가 '문학자' 대표도 아니니까 나라는 한 개인에게 '문학'의 이미지나 지위 향상을 위해 분투해야 할 의무는 없다.

하지만 '문학'이 경시되는 세태는 아무래도 씁쓸하다. 그래서 내 나름대로 '문학이란 무엇인가'를 설명해보자면 요컨대 '곰 인형' 같은 무언가라고 생각한다.

무언가가 없다고 '생명'을 유지할 수 없는 것도 아니고 '생활'이 무너지는 것도 아니지만, 힘들거나 괴롭거나 외로울 때 살며시 '자신을 지탱해주는 것'이 이 세계에는 있다.

그 무언가가 존재한다는 사실만으로 구원받은 느낌을 주는 것. 그 존재를 믿으려는 마음의 움직임. 그것이 '문학'이라고 생각한다.

좀 더 정확히 말하면 나라는 한 개인은 그런 것을 '문학'으로 여기며, 그런 것이 지닌 힘을 해명하고 싶다.

ALS라는 난치병

조금 추상적이니 존경하는 분의 말을 빌려 다시 한 번 설명해 보겠다.

> 죽음만이 불가역적이다. 살아서 피부에 온기가 남아 있는 동안에는 개선 가능성이, 희망이 계속 남아 있다.
> 《죽지 않는 몸—ALS의 일상을 살다逝かない身体─ALSの日常を生きる》, 이가쿠쇼인医学書院, 2009.

ALS 환자 지원 활동을 하는 가와구치 유미코 씨의 말이다.

ALS는 서서히 운동 신경이 파괴되어 신체를 움직일 수 없게 되는 원인 불명의 난병이다. 증상이 진행되면 안구 운동마저 멈추기도 한다(이 증상은 'Totally Locked-in State' 줄여서 TLS↘라고 불린다).

폐를 움직이는 근육 또한 움직이지 않게 되어 자발 호흡이 불가능해진다. 이때 인공호흡기를 장착하면 생명을 유지할 수 있지만 장착

↘ 의식이 있으나 전신이 마비되어 의사소통이 불가능한 상태를 가리킨다.

을 선택하지 않고(선택할 수 없어서) 사망하는 사람도 적지 않다.

2014년 여름에 '아이스버킷 챌린지'라는 이벤트가 소셜 미디어에서 유행했던 것을 기억하는가. 양동이에 가득 담긴 얼음물을 정수리 위로 붓고 근처의 ALS 단체에 100달러를 기부하는 자선 이벤트로, ALS 치료 연구비를 모금하기 위해 기획된 것이었다.

2019년 여름 참의원↘ 선거에서 ALS 환자인 후나고 야스히코 씨(레이와신센구미당↓)가 당선되어 큰 화제가 된 것을 계기로 이 병의 이름을 알게 된 사람도 많을 것이다.

가와구치 씨는 어머니가 ALS를 앓아 이 병과 관계를 맺게 되었다. 간호인 파견·연수 사업에 뛰어들면서 ALS 같은 난병 환자가 병원이나 시설이 아니라 동네에서 생활할 수 있도록 정력적으로 활동하고 있다.

↘
일본의 국회는 양원제로, 하원에 해당하는 중의원과 상원에 해당하는 참의원으로 이루어져 있다.

가와구치 씨의 활동은 좁은 의미에서는 'ALS 환자 지원'이지만 좀 더 넓게 보면 '사람이 사람과 관계를 맺으며 사회에서 살아가는 일' 자체를 지원하는 '생존 운동'이라고 할 수 있다.

↓
2019년, 당시 참의원 의원이었던 야마모토 다로가 창당한 일본의 정당. 참의원 선거 때 중증 장애인, 성소수자, 노동 운동가 등 사회적 약자들을 후보로 세워 많은 관심과 지지를 얻었다.

앞에서 소개한 글은 가와구치 씨가 어머니를 간호한 경험을 적은 책《죽지 않는 몸》의 한 구절이다.

아마 저자는 위 구절에서 «죽음만이 불가역적이다»라는 표현에 힘을 실었으리라. ALS 환자는 안락사나 존엄사 논의에 쉽게 휘말리기 때문이다.

안락사나 존엄사가 논의될 때 인공호흡기 등의 힘을 빌려 유지되는 생명은 곧잘 "무의미한 연명", "헛되이 목숨을 붙여두다" 같은 표현으로 묘사되곤 한다.

하지만 '무의미한'이나 '헛되이'라는 수식어가 붙은 '생명'이란 무엇인가…… 그러한 '생명'이 존재한다면 그 이면에는 '의미 있는 생명'이나 '유익한 생명'이 있다는 뜻인데, 정말 이런 식으로 표현해도 괜찮은 것일까.

안락사와 존엄사가 논의될 때는 "본인의 의사"나 "자기 결정"이라는 말도 자주 나온다.

하지만 '본인의 의사'며 '자기 결정'이란 무엇일까. 사람의 '의지'란 그게 누구의 것이든, 어떤 상황에서든, 제대로 공평하고 공정하게 다루어지고 있을까…….

게다가 자신의 생명이든 누군가의 생명이든 '생명에 관계된' 중대한 문제에 대해 단호하고 명확한 결정을 내리는 것이 가능할지…….

가와구치 씨는 ALS 환자들과 관계를 쌓으면서 안락사나 존엄사에 몹시 강한 의문과 위험성을 느끼고 '죽음으로 꾀어내는 힘'에 경종을 울려왔다.

따라서 인용한 구절에서도 저자는 《죽음만이 불가역적이다》를 강조했을 듯하다.

하지만 나는 일개 독자로서 그다음 문장에, 특히 《피부에 온기가 남아 있는》이라는 표현에 주목하고 싶다.

《죽지 않는 몸》에는 어머니를 돌보는 모습이 적나라하게 그려져 있다. 난장판이 펼쳐지기도 한다.

사람이 사람을 보살피는 돌봄은 때로는 지독한 노동이다. 물론 모든 돌봄이 지독하지 않고 돌봄의 모든 점이 지독하지도 않다. 돌봄에는 희노애락이 종합적으로 얽히고설켜 있어서, 한 가지 색으로만 칠해버릴 수 없는 깊이가 있다.

다만 돌봄 현장에는 사람과 사람이 정면으로 마주 보아야 하는 순간들이 있다. 그런 순간에는 '지독한' 상황을 피해갈 수 없다.

앞이 보이지 않는 매일이 반복되면 돌보는 쪽도, 돌봐지는 쪽도 몸은 지치고 마음은 닳아 없어지고 기분이 날카로워지다가 결국 눈앞에 있는 사람이 지겨워지기도 할 것이다.

허울 좋은 말로 넘길 수 없는 그런 순간들을 가와구치 씨도 분명 겪지 않았을까. 하지만 힘겨운 상황에서도 눈앞에 있는 어머니의 피부를 만지고 그 온기에 문득 마음이 놓이는 순간이 있었으리라.

보통 돌봄이라고 하면 '하는 쪽'이 '받는 쪽'을 격려하고 보듬는 모습이 떠오른다. 하지만 이 책에서는 어머니를 돌보는 가와구치 씨가 어머니의 피부로부터 느껴지는 온기에 어렴풋이 마음을 녹인다(고 나는 읽었다).

가와구치 씨의 어머니는 ALS 상태에 이르러 몸을 조금도 움직일 수 없었지만, 그래도 체온으로 누군가를 녹이고 있었다.

사람에게는 분명 다른 사람의 체온으로밖에 녹일 수 없는 것이 있다.

그 체온을 단순한 '온도'로 여길 것인가, 그 이상의 '무언가'로 여길 것인가. 그 '무언가'로 받아들이려는 힘이 '문학'이 아닐까.

그런 생각을 해본다.

가와구치 씨의 《죽지 않는 몸》은 논픽션으로 구분된다(실제로 오야 소이치 논픽션상↘을 받기도 했다). 하지만 나에게 이것은 '문학'이다. 픽션이든 논픽션이든 읽는 사람에게 그 '무언가'를 느끼게 하는 말이야말로 '문학'인 것이다.

일본 저널리스트 오야 소이치의 업적을 기념해 매년 뛰어난 논픽션 작품에 수여하는 상.

말에 구원받는다는 것

높은 사람들이 책임을 회피하기 위해,

자신의 허상을 부풀리기 위해,

적을 만들어 걱정을 해소하기 위해,

누군가를 위압해 입 다물게 만들기 위해,

말이 계속 그런 일들을 위해서만 쓰인다면 어떻게 될까.

많은 사람이 말을 포기하고 말을 계속 경시하면

세상에는 무슨 일이 일어날까.

분명 의미라고는 없는 일만 일어날 것이다.

다음 세대에게 이런 세상을 물려주지 않기 위해,

나를 도와주었던 말들에게 은혜를 갚기 위해,

지금 내가 할 수 있는 최선에 가장 가까운 일은

이 책을 쓰는 일이었다.

제1화부터 제17화까지의 글에서 말의 문제에 대해 생각해보았다.

'들어가며'에 썼듯이 최근 무참할 정도로 말이 파괴되고 있다. 하지만 파괴된 말의 '존엄'이나 '혼'은 적확하게 요약하거나 캐치프레이즈로 만들 수 없기 때문에 결국 무엇이 파괴되었고 무엇이 계속 상실되고 있는지 알기 어렵다.

이렇게 '상실되고 있는지조차 알기 어려운 것'의 소중함을 어떻게든 전하고 싶어서, 내 나름대로 여러 에피소드를 가져와 그 존재감을 전하고자 노력했지만 뜻대로 되었는지는 독자 여러분의 판단에 맡길 수밖에 없다.

여기까지 읽은 분들은 눈치챘겠지만 이 책에서 소개한 것은 거의 모두 장애나 질병과 함께 살아온 사람들의 말이다.

제1화에서 늘어놓았던 자기소개대로 나는 '피억압자의 자기표현법'을 전문으로 공부하는 문학 연구자다. 특히 장애인 운동가들과 오랫동안 교류하며 많은 것을 배웠기 때문에 아무래도 장애와 질병에 관한 에피소드가 중심에 놓이게 되었다.

마지막으로 내가 왜 이렇게까지 장애인 운동가들을 중히 여기는지 설명하고 싶다. 결론부터 말하자면, 운동가들과의 만남이 나를 구한 적이 있기 때문이다. 다른 사람의 에피소드만 줄곧 소개해왔기 때문에 마지막 장 정도에는 내가 겪은 체험에 대해 써보려고 한다.

원래 내 목표는 학교의 교사(특히 중학교·고등학교 교사)가 되는 것이었다. 학교에 잘 적응하지 못했던 나 같은 아이의 편이 되어주고 싶다는 열정을 품었던 시기가 이런 내게도 있었다.

대학에 입학한 해는 1999년. 그 전년 입학자부터 교원 면허를 취득하려면 복지 시설 등에서 의무적으로 실습('간호 등을 체험하기')을 해야 했다.[1]

막 시행된 제도이다 보니 당시에는 대학 사무처도 좌충우돌하는 중이었고, 참가자들도 자세한 사항은 알지 못한 채 단체로 모여 설명을 들은 다음 일단 지정된 실습 시설로 파견되었다.

예전 국철↘ 노선의 종점과 가까운 역에서 한 시간에 두 대밖에 다니지 않는 버스를 탄 뒤 약 50분간 가면 '여기도 도쿄인가?' 싶은 지역의 야트막한 언덕이 나온다. 나는 그 위에 세워진, 크지도 작지도 않은 지적 장애인 입소 시설에 배정되었다(교통이 너무 불편한 나머지 담당자와 협상해서 오토바이로 출퇴근해도 된다고 허락받았을 정도다).

↘ 일본의 국유 철도를 운영하던 공공 기업인 일본 국유 철도를 가리킨다. 철도 사업이 1987년에 민영화되며 JR 그룹이 사업을 계승했다.

결론부터 말하면 그 시설에서 한 실습은 괴로웠다. 아무튼 괴로웠다.

우선 모두가 혼란에 빠졌다.

시설 직원들은 실습생을 받아본 경험이 없

[1]   의무 교육 교원 면허를 취득하기 위해서는 사회복지시설에서 5일간, 특별지원학교에서 2일간 필수로 실습해야 한다.

어서 힘들어 보였다. '안 그래도 바쁜데⋯⋯'라고 생각하며 난처해하는 기색을 알아볼 수 있었다.

입소자들도 불안해 보였다. 평소 보이지 않던 얼굴이 갑자기 나타났으니 당연한 일이다. 예상 밖의 사건에 일부 입소자가 당황했고, 이런 상황이 다시 직원들에게 부담을 가해 실습생이 발붙일 자리는 점점 더 좁아졌다.[2]

파견 나간 시설의 분위기가 몹시 폐쇄적이고 엄격했던 점도 괴로웠다.

그 시설은 입소자의 장애 정도에 따라 거주 구획이 분할되어 있었고, 나는 가장 중증인 입소자들 구획을 담당하게 되었다. 그 구획에서는 모든 문이 잠겨 있었고 창문이 적었으며, 그나마 있는 창문들도 철망 같은 것에 덮여 있어서 전체적으로 어둑어둑했다.

직원들은 허리에 무거워 보이는 열쇠 꾸러미를 달고 방을 드나들 때마다 일일이 자물쇠를 열고 잠갔다.

입소자들도 오전 작업과 오후 활동 시간 외에는 그 폐쇄된 구획 안에서 시간을 보냈다. 말이 '작업'이지 신문을 접고 펼치거나 블록을 쌓고 무너뜨리는 일이 전부였다. '활동'은 시설 구내를 한 바퀴(정말로 '한 바퀴'!) 걷는 것이었다.

입소자 중에는 혼잣말로 욕을 퍼부으며 자해를 반복하는 사람이나 줄곧 벽과 기둥 사이에 들어가 움직이지 않는 사람, 창

---

2) 현재는 간호 등의 체험 제도가 완전히 정착하여 협력 시설이 실습생용 프로그램을 따로 마련해놓는 경우도 많다. 학생들은 모두 충실히 체험하고 돌아온다.

밖만 지켜보는 사람, 처음 보는 내가 신기했던지 무작정 팔을 붙들고 계속 말을 거는 사람도 있었다. 충격적인 광경이었다.

사실 나는 폐소공포증 비슷한 것이 있어서 '갇혀 있다', '내 의사로 밖에 나갈 수 없다'는 상황이 지속되면 공황 발작을 일으킨다(그래서 버스나 영화관을 굉장히 싫어한다). 그 탓에 실습 내내 긴장되어 목구멍이 꽉 막히고 손끝이 차가워지는 듯했다.

게다가 모두가 그렇진 않았지만, 어떤 직원들은 거만한 태도로 입소자들을 대했다. 그들의 차가운 시선과 거친 말을 보고 듣는 상황도 괴로웠다.

처음 만난 지적 장애인과 커뮤니케이션을 할 수 없었던 점도 힘들었다. 지적 장애인과의 의사소통에는 비장애인과의 소통과 다른 부분이 있다. 상대가 이해하기 쉽게 사인을 보내고 상대의 사인을 읽는 특유의 기법 같은 것이 있어서, 시간을 들여 관계성을 쌓아야 커뮤니케이션 감각이 생긴다는 사실을 지금은 안다.

더 나아가 사람과 사람은 서로 이해하지 못하더라도, 이해되지 않는 부분을 끌어안은 채 같은 시간과 장소를 겪기만 해도 의미가 있는 법이라고 생각하게 되었다.

하지만 장애인과 처음으로 마주했던 그 시절의 나는 경험도, 지식도 전혀 없었다. 내 머릿속에선 '지적장애인=알 수 없는, 말이 통하지 않는 사람들'이라는 인식이 단단히 굳어버렸다.

실습 기간 중에 어떤 가족이 아들(20세가 조금 넘었을까)의 단기 입소를 신청하러 왔다. 신청받는 자리에 나도 우연히 함께하게 되었는데 불안해진 아들이 안절부절못하며 움직이자 시설의 젊은 직원이 뒤에서 몸통을 죄어 제압했다.

그 직원은 절대 '나쁜 사람' 같지 않았다. 오히려 솔직하고 성실하며 실습생에게 신경을 써주는 다정한 형 같은 사람이었기 때문에 그 사람이 근무하고 있으면 안심이 되었다.

그런 사람이 범인을 체포하듯이 제압할 수밖에 없다니, 역시 지적 장애인은 '알 수 없는, 말이 통하지 않는 사람들'이며 '돌아다니지 못하게 억눌러야 하는 사람들'이라고 생각했다. 여기저기에 자물쇠가 달려 있는 것도 당연한 일이라고 자연스럽게 납득했다.

그런 경험을 하며 겨우 실습을 마친 나는 더욱 괴로운 일을 겪게 되었다.

대학에 돌아왔더니 동기들이 즐거운 추억이라도 나누듯이 실습 후일담을 이야기하는 데 열을 올리고 있었던 것이다. 고령자 시설에 파견되었던 친구는 손주처럼 귀여움을 받았고, 장애아 시설에 파견된 친구는 매일 아이들과 함께 밖에서 뛰어놀았단다. 어쨌거나 다들 "즐거웠다"고 했다.

반면 나의 실습 감상은 '장애인이 무섭다', '함께 있기 괴롭다'는 것이었다. 모두 "즐거웠다"고 웃으며 이야기하는 실습을 나는 '무섭다', '괴롭다'라고밖에 느끼지 못했다.

어느 날, 고등학교 동창인 친구에게 "실습 어땠어?"라는 질문을 받았다. 나는 누군가에게 털어놓고 싶다는 충동에 휩싸여 "고되었다. 무서웠고 최악이었다"라고 불만을 토로하며 한참 떠들었다.

친구는 내 이야기에 어떻게 반응해야 할지 몰랐던 것 같다. 좀 질렸다는 표정으로 "그래도…… 좋은 체험 했잖아?"라고 다정한 위로의 말을 쥐어짜냈다. 나는 친구를 난처하게 만든 데다 위로까지 받아 괴로웠고, 그 체험을 '좋은 체험'이라고 받아들이지 못하는 자신도 싫었다.

그때 내 안에서 소용돌이치고 있던 감정은 '다들 좋은 시설이 걸려서 좋았겠다'라는 질투가 30 정도였다. 나머지 70은 '다들 즐겁다고 느낀 장애인과의 관계를 「무섭다」, 「괴롭다」라고만 느낀 나는 얼마나 차별적인 인간인가'라는 자기혐오였다.

학부 4년 동안 교원 채용 시험을 치르지 않고 목표를 바꾸어 대학원에 진학하게 된 데에는 그때의 자기혐오가 어느 정도 영향을 미쳤다고 생각한다. 나 같은 인간이 교단에 서서는 안 될 것 같았다.

잘못된 고정관념을 깨뜨려준 만남

나는 어느 시설 내 풍경을 겨우 5일간 지켜보았다. 그것도 '실습생'이라는, 말하자면 '손님' 입장에서 스쳐 지나갔을 뿐이다. 그러니 고작 그 정도 체험으로 아는 척하지 말라고 생각하는 사람도 있을 것이다.

하지만 외부자이기에 보이는 문제도 있었다. 딱 5일간 발을 담근 것만으로도 나는 그 후의 인생 선택을 두고 갈등할 만큼 자기혐오에 빠졌고, 동시에 내 안의 장애인상은 차갑게 굳어지고 말았다.

결과적으로 그 장애인상에서 해방된 것은 경험 풍부하고 각

자만의 개성을 지닌 장애인들과 수년에 걸쳐 교류한 뒤의 일이었다.

자세한 이야기는 생략하겠지만 무사히 대학원생이 된 나는 엉뚱한 계기로 이 책에 소개한 장애인 운동가들과 만나 수년 동안 밀접한 관계를 유지했다.

그 사람들은 간단히 말하면, 아주 이상하고 조리에 맞지 않는 사람들이었다. 물론 당시의 내가 마음대로 부풀려왔던 장애인상에 비추어봤을 때 그랬다는 뜻이다.

예를 들면, 나의 스승인 하나다 슌초 씨는 걸을 수 없었지만 발놀림이 가벼웠고 언어 장애가 있었지만 말을 잘했으며 초등학교밖에 나오지 못했지만 박람강기했고, 인맥이 넓었고, 대담했고, 막무가내였고, 아무튼 함께 있으면 '즐거운(즐겁다+힘겹다)' 사람이었다.

슌초 씨의 전동 휠체어 뒤를 따라 장애인 단체의 회의와 집회에도 자주 참석했다. 그곳에는 장애인으로 살아가는 사람, 장애인과 함께 살아가는 사람이 많았다. 지적 장애인이나 자폐인도 있었다. 거기에서 만난 사람들은 내가 마음대로 쌓아 올린 장애인상과는 한참 달랐다.

같은 장소에서 함께 시간을 보내도 힘들지 않았고(갑자기 목소리가 높아져서 놀라는 일은 있었지만) 주파수가 맞는 사람을 만나면 즐거웠다(물론 맞지 않는 사람도 있었지만 그것은 장애 유무와는 관계없었다).

커뮤니케이션이 되는 사람도, 되지 않는 사람도 있었다. 하지만 그때의 나와 상대의 관계에 따라 되기도, 안 되기도 했을 뿐이고, 커뮤니케이션이 안 되는 상대라도 함께 있는 것 정도는 결코 괴로운 일이 아니었다.

그런 만남을 거듭하면서 차갑게 굳어 있던 내 안의 장애인상이 조금씩 녹아내렸다. 동시에 숨 막혔던 나의 '삶'도 차츰 편안해졌다.

그때까지 나는 '이래야 한다'든가 '이렇게 사는 것이 바람직하다'라는 강한 규범 의식을 갖고 있었던 것 같다. 굳은 의지로 자신을 통제하고, 경쟁을 통해 능력을 향상하며, 절대 남에게 폐를 끼치는 일 없이 사회에 쓸모 있는 사람으로 사는 것이 '옳다'고 생각했다.

이를 뒤집으면 그러한 '옳은' 삶의 방식이 가능한 사람일수록 존재 가치가 높다는 뜻이 된다.

사람을 경쟁시키고 틀에 맞추는 학교를 싫어하면서도 교사가 되려고 했던 이유는 그런 가치관이 무의식중에 뼛속까지 스며들어 있었기 때문일 것이다. 교직을 목표로 했던 동기 밑에 '남들 위에 서고 싶다(남들 위에 설 수 있을 만큼 가치 있는 내가 되고 싶다)'는 욕망이 깔려 있지 않았느냐고 묻는다면 솔직히 부정할 수가 없다.

실습에서 '차별하는 나'에 큰 충격을 받았던 것도, 지금 생각하면 '나는 차별 따위 하지 않는 이성적 인간'이라는 나르시시스트 같은 자아상이 우연히 맞닥뜨린 고통스러운 현실 앞에서 산산조각난 일에 불과하다.

장애인 운동가들을 만나지 못했다면 '나는 차별 따위 하지 않는 이성적 인간'이라는 자아상을 지키기 위해 차갑게 굳은 장애인상을 더더욱 차갑고 단단하게 굳혔을 것이다.

　장애인들이 철저하게 배제되고 격리되는 현실을 마주해도 '의사소통할 수 없는 사람'이나 '사회의 냉엄한 요구에 부응할 수 없는 사람'은 그런 취급을 받아도 어쩔 수 없다고, 모두의 이익을 위해서는 배척해야 한다고 생각했을 것이다.

　말도 안 되는 소리다. '장애인은 잘 모르겠으니까 싫다'라는 뻔한 혐오를 '현실 사회는 냉엄하니 그 냉엄함을 견뎌낼 수 있는 사람만 참여하는 편이 누구에게나 행복하다'라는 저열한 정의로 포장해 눈속임했을 뿐이다.

　'장애인=저쪽 사람들'이라는 이미지를 멋대로 구축함으로써 나라는 인간은 틀림없이 '이쪽'의 존재라는 환상을 손에 쥐려고 했다.

　입 밖에 내기 대단히 어려운 의견이지만, 그래서 나는 사가미하라 사건을 일으킨 인물이 아무래도 '이상한 사람' 같지 않다. 물론 그가 저지른 일은 이해도, 공감도, 납득도 할 수 없다. 하지만 최소한 그와 나 사이에 '잇닿은 지점'이 있으리라는 실감이 든다.

　아무래도 타인에게 고정된 이미지를 억지로 덧씌우는 것과 자기자신을 엄격한 자아상 속에 가두는 것은 표리일체한 일인 것 같다(제1화에 나온 A 선배처럼 말이다). 장애인 운동가들과의 만남으로 내 안의 장애인상이 녹아내리면서 완고한 자아상도 느슨해진 듯한 느낌이 든다.

　그 시절에 운동가들로부터 많은 가르침을 받았지만 굳이 가장 큰 가르침을 꼽자면, '「옳다」느니 「훌륭하다」느니 「쓸모 있다」느니 하는 가치관 자체를 의심하는 감각'을 배운 것이리라.

　원래 나는 자기 긍정감(이 말도 미심쩍긴 하지만)이 낮아서 '옳고 훌륭하며 쓸모 있는 존재이고 싶다'는 소망이 강했다. 하지만 '~이고 싶다'는 소망은 물려서 돌아가는 톱니바퀴처럼 '나는 미완성'이라는 열등감과 초조함을 자극하며 '~이지 않으면 안 된다'고 자기 자신을 채찍질한다.

　하지만 '옳다', '훌륭하다', '쓸모 있다'는 가치관 자체는 누가 만들어냈을까. 그런 가치관을 추구하면 정말로 행복해질까. 그렇게 '의심하는 감각'을 장애인 운동가들로부터 배웠다.

　'옳고 훌륭하며 쓸모 있는 나이지 않으면 안 된다'라는 출처 모를 압박감은 지금도 내 안에서 완전히 사라지지 않았지만, 확실히 편해지기는 했다. "애당초 '옳다', '훌륭하다', '쓸모 있다'란 대체 뭔데?" 하며 혀를 끌끌 차는 정도는 할 수 있게 되었다.

　그렇게 혀를 찰 수 있게 되면서(혀를 차도 된다고 스스로에게 허용하게 되면서) 타인에 대한 요구 수준도 낮아졌다.

　그때까지 나는 자신을 벌하는 감정과 타인을 벌하는 감정이 정비례를 이룬 삶을 살아왔다(간단히 말해 '내가 이렇게 노력하고 있으니 다들 이 정도는 하는 게 당연하다', '나는 이만큼 할 수 있으니까 다들 이 정도는 할 수 있는 게 당연하다'는 식의 감정들이었다). 이 가치관을 그대로 맹신한 채 앞만 보고 달렸다면 남성 중심적이기 그지없는 자기 책임론자가 되었을 것이다. 그러다가 무슨 일로 삐끗해서 좌절이라도 하게 되면 스스로를 남김없이 불살라버렸을 것 같은 느낌이 든다.

나의 경직된 가치관을 부드럽게 주물러주고 폐 깊숙이 숨을 들이쉬기 쉽게 해준 것은 이 책에 소개한 운동가들과의 만남, 말들과의 만남이다(사실은 훨씬 더 많지만 지금의 내겐 이 이상 소개할 여력과 능력이 없다).

말이 좀 이상할 수도 있지만 나는 내가 경험한 것이 그다지 '드문 고민'이라고 생각하지 않는다. 오히려 사회에서 주류 다수로서 살아가는 사람은 크든 작든 이런 종류의 괴로움을 품고 산다고 생각한다. 다만 그것을 솔직하게 "괴롭다", "힘들다"고 인정하기는 의외로 어렵다.

솔직하게 "힘들다"고 인정할 수 없는 경직성을 부드럽게 어루만져 녹여주고, 때로는 딱 소리 나게 두드려 금이 가게 해준 것은 이들의 말이었다. 무의식중에 내가 스스로를 채찍질하고 있었음을 깨닫게 해주었다.

몇 번이나 되풀이하지만, 지금 나는 '말이 파괴되고 있다'는 맹렬한 위기감을 느낀다.

높은 사람들이 책임을 회피하기 위해, 자신의 허상을 부풀리기 위해, 적을 만들어 걱정을 해소하기 위해, 누군가를 위압해 입 다물게 만들기 위해, 말이 계속 그런 일들을 위해서만 쓰인다면 어떻게 될까.

긍정적인 감정을 느끼며 되새길 수 없는 말들만이 그 시간, 그 자리에서 확 불타올랐다가 곧바로 흘러가 사라져버린다. 그런 일이 반복되면 말에 소중한 생각을 담거나 말에서 희망을 발견하거나 말로만 증명할 수 있는 무언가의 존재를 믿는 일을 포기하거나 경시하게 되지 않을까.

많은 사람이 말을 포기하고 말을 계속 경시하면 세상에는 무슨 일이 일어날까. 분명 의미라고는 없는 일만 일어날 것이다. 다음 세대에게 이런 세상을 물려주지 않기 위해, 나를 도와주었던 말들에게 은혜를 갚기 위해, 지금 내가 할 수 있는 최선에 가장 가까운 일은 이 책을 쓰는 일이었다.

내가 하는 일에는 '누군가의 인생을 말로 바꾸는' 작업이 어쩔 수 없이 따라온다. 몇 년을 해왔어도 이 작업에 익숙해지지 못했고 매번 꺼림함이 남아서 고민한다. 좀 더 구체적으로 설명하자면, '이 사람에 대해 얼마나 알아야 이 사람의 인생에 대해 쓸 수 있을지'가 고민거리다.

이 '쓸 수 있을까'에는 '능력 면에서 가능한가 아닌가'와 '자격이 있는가 없는가'에 해당하는 요소들이 복잡하게 얽혀 있다. 만약 파란만장한 인생을 산 인물에 대해 쓴다면, 그 혼돈한 삶의 발자취를 '내 문장력으로 정리할 수 있을까'와 '나 같은 사람이 정리해도 괜찮을까'라는 물음을 두고 머리를 싸매며 고민한다.

경험상 서너 시간 정도 취재하면 전자의 의문에는 깔끔히 결론이 난다. '짧은 취재로는 아주 깊게 조사해내기 힘드니 일단 문장만이라도 읽기 쉽게 정리하자'는 식의 결론이다. 한편 그 사람과 3, 4년간 깊이 사귀게 되면 거꾸로 후자의 물음에는 자신이 생기지만 읽기 쉬운 글로 완성하기가 불가능해진다. 쓰고 싶은 내용이 너무 많아서 정리할 수 없는 상태에 빠지는 것이다.

다만 나는 이 '정리할 수 없다'는 느낌이 싫지 않다. 오히려 핑

장히 좋다. 이 감각은 예를 들자면 '추억 사진을 정리할 때 느끼는 감각'에 가깝다. 소중한 사람과 함께 찍은 사진을 들춰볼 때 한 장 한 장에 얽힌 에피소드는 얼마든지 풀어낼 수 있지만, 그 사람의 인생이나 그가 나에게 얼마나 소중한지를 말로 설명하려 하면 좀처럼 술술 나오지 않는 법이다.

'깔끔하게 말로 정리할 수 없는 것의 귀중함'에 손쓸 수 없이 이끌린 나는 어떻게든 그것을 말로 표현하고 싶다고 소원하지만, 그렇게 할 수 있는 능력과 자격이 나에게 있는가 하면……처음의 물음으로 돌아가기를 되풀이하고 만다.

이러한 말의 문제는 조금 거칠게 표현하면 '요약하기'와 '일부를 보여주기'로 나누어 생각할 수 있을지도 모르겠다.

'요약하기'는 커다란 세계나 복잡한 현상의 축소판을 만드는 일이다. 요약을 할 때는 정확한 미니어처를 만드는 기술 수준이 중요하다.

이에 비해 '일부를 보여주기'는 너무 커서 다 표현할 수 없는 것의 일부를 보여줌으로써, 미처 다 표현하지 못한 전체를 상상하게 만드는 방법이다. 앞서 든 추억 사진 예처럼 각각의 사진에 얽힌 에피소드를 전달해서 사진 속 인물의 존재감이 얼마나 큰지 느끼게 하는 방법이라고 할 수 있다.

학자는 두 방법 중 '요약'의 전문가일 것이다. 아니, 그래야 한다. 나 역시 현상을 정확하고 치밀한 언어로 표현하는 훈련을 받았다(받기는 했다……).

하지만 세상에는 '일부를 보여주는' 방법으로밖에 표현할 수 없는 것들이 존재한다. 내 안에도 있다. 전하려는 쪽이 가진 말의 기술로는 도무지 그려낼 수가 없어서 받아들이는 쪽의 감수성과 상상력을 무작정 믿고 맡길 수밖에 없다. 그런 기도에 가까운 말로밖에 표현할 수 없을 때가 있다.

애당초 '요약'이라는 것은 '너 같은 건 나한테 알기 쉬운 존재가 되어라'라는 오만함과 이웃 관계이기도 하다. 그러니까 그렇지 않은 말의 존재를, 기도와 같은 말의 무게를, 다양한 사람의 말의 힘을 빌려 표현해보자…… 는 터무니없는 시도의 결과물이 이 책이지만, 그것이 성공했는지 아닌지야말로 받아들이는 분들을 믿고 기도하는 수밖에 없다.

최근 이 사회는 '안이한 요약주의'의 길로 달려 들어가고 있는 듯하다. 좌우간 빠르고, 짧고, 이해하기 쉽고, 흑백이 분명하고, 적과 우리 편을 구별하기 쉽고, 감정을 간단히 정리한다. 그런 말들만 대접받고 세상에 넘쳐흐른다.

그 원인 중에는 틀림없이 소셜 미디어가 있다. 확실히 소셜 미디어상의 정보는 빠르게 움직이고 도움이 된다. 나도 평소 그 편리함을 향유하고 있다.

하지만 소셜 미디어의 프레임으로 잘라낸 말은 현상을 치밀하고 정확하게 '요약'한 것처럼 보여도 대개는 그렇지 않다. 그렇다고 기도와 같은 마음이 담겨 있는가 하면 역시 그쪽도 아닐 때가 많다. 우리가 매일 보는 소셜 미디어의 말이 정확한 '요약'도, 세상의 '일부'도 아니라면 과연 그것의 정체는 무엇이란 말인가…….

지금 인류가 경험 중인 신종 코로나 바이러스 감염증 유행도

이 '안이한 요약주의'에 박차를 가할 것 같다는 기분 나쁜 예감이 든다.

팬데믹뿐만 아니라 모든 큰 재해는 인간을 숫자(사망자 수·중증자 수·확진자 수 등)로 환산한다. 수치화(데이터화)야말로 궁극의 '요약'일 것이다. 비상시에는 '현재 세계의 상황'을 정확히 파악해야 하므로 아무래도 인간을 데이터화할 필요가 있다. 그러한 정보를 수집하고 해석하기 위해, 고도의 기술을 지닌 전문가들이 오늘도 뼈를 깎는 분투를 벌이고 있다.

하지만 그 숫자는 어디까지나 '깔끔한 말로 정리할 수 없는 인생을 살고 있는 한 사람 한 사람'이 치환된 것이다. 세계 전체가 같은 바이러스로 고통받고 있지만 그 고통의 사정은 저마다 다르다. 날마다 갱신되는 숫자 뒤에는 '요약' 따윈 할 수 없는 인생이 자리한다는 사실을 잊어서는 안 된다.

'안이한 요약주의'는 그러한 상상력을 훼손하고, '인간을 어떻게든 수치화하면 세계를 이해한 셈이 된다'는 과신으로 기울게 만들기 쉽다는 점에서 두렵다. 그러한 과신이 한 발 더 나아가면 '인간이든 세계든 간단히 「요약」해서 이해할 수 있다'는 망신信이 된다. 소셜 미디어에서 눈에 띄는 '요약'도, '일부'도 아닌 말의 정체는 그러한 '망신적 요약(망약妄約)'일지도 모른다.

말을 생업으로 삼은 일개 문학자로서 몸과 마음을 다해 그 흐름에 맞서 싸우고 싶다. 이렇게 분수에 맞지 않는 거창한 바람을, 재택 근무용으로 급히 장만한 작은 책상 위에서 막연히 떠올리고 있다.

감사의 말

이 책은 2018년부터 19년까지 〈WEB asta*〉(포푸라샤 운영)에 연재한 글 《침묵하지 않았던 사람들》(총 13회)이 바탕이 되었습니다. 이번에 가시와쇼보에서 단행본으로 출간하며 각 화의 원고를 대폭 가필·수정하고, 글 다섯 편을 새로 썼습니다. 이 책의 출간을 도와주신 각 발행처의 모든 분께 이 자리를 빌려 깊이 감사드립니다.

본문에서 소개한 분들 중에는 직접 친분이 있는 분도, 저서를 통해서만 아는 분도 계십니다. 만나 뵐 수 있었던 분들께는 다시 없는 소중한 시간을 내주신 데 대해 진심으로 감사의 말씀을 드립니다. 저서를 통해서만 아는 분들께는 훌륭한 책을 세상에 내주신 것에 대해 감사를 전합니다.

책에 과분한 말씀을 보내주신 하라다 아리사 씨, 모치즈키 히로키 씨 고맙습니다. 두 분이 첫 독자가 되어주셔서 자신감을 가지고 이 책을 세상에 내놓을 수 있었습니다.

일본어판 표지와 내지에 멋진 일러스트를 그려주신 에노모토 사야카 씨께도 감사드립니다. '말을 파고 내려간다'는 이 책의 테마를 적확하게 헤아려주셔서 정말 기쁩니다.

마지막으로 이 책을 세상에 내놓는 데 남다른 성의와 열의를 보여주고 지지부진한 집필 과정 내내 끝까지 함께 달려주신 아마노 준페이 씨께 감사드립니다. "함께 책을 만듭시다"라고 제안해주신 뒤로 벌써 몇 년이 흘렀는지요(미안합니다……). 이리 갔다 저리 갔다 여기저기 헤맸지만 마침내 '정리되지 않는 책'이 나왔습니다.

　우리는 모두 '요약'할 수 없는 인생을, 깔끔하게 말로 정리할 수 없는 채로, 오늘이라는 날을 아무튼 살아가고 있습니다. 그 '정리되지 않음'이야말로 귀하다고 생각합니다. 아무쪼록 그 귀함을 독자 여러분과 함께 나눌 수 있기를, 그런 귀함이 태연한 얼굴로 다소곳이 앉아 머무를 수 있는 세상이 될 수 있기를 바랍니다.

2021년 3월

아라이 유키

이 책은 포푸라샤가 운영하는 미디어 〈WEB asta*〉에 2018년 2월부터 2019년 2월까지 연재된 《침묵하지 않았던 사람들》을 제목을 바꾸고 가필 및 수정하여 출간한 것입니다. '들어가며, 제8화, 제15화, 제16화, 제17화, 마지막 이야기, 나오며'는 추가로 쓴 글입니다. 또한 이 책에서 소개한 에피소드 중에는 개인이 특정되지 않도록 약간 바꾸어 쓴 것들이 있습니다.

말에 구원받는다는 것

말에 구원받는다는 것

초판 1쇄   2023년 6월 30일 발행
초판 2쇄   2023년 8월 8일 발행

지은이   아라이 유키
옮긴이   배형은

기획편집   유온누리
디자인   이혜진
마케팅   최재희, 김지효, 신재철
인쇄   아트인

펴낸이   김현종
펴낸곳   메디치미디어
경영지원   이도형, 이민주, 김도원
등록일   2008년 8월 20일 제300-2008-76호
주소   서울시 중구 중림로7길 4, 3층
전화 / 팩스 02-735-3308 / 02-735-3309
이메일   meeum@medicimedia.co.kr
인스타그램   @__meeum
블로그   blog.naver.com/meeum__

ISBN   979-11-5706-293-5 (03830)

창문, 몸의 ㅁ, 마음의 ㅁ
ㅁ은 메디치미디어의 인문·교양·에세이 브랜드입니다.